Ceux-là qui depuis longtemps ne sont plus, ils sont en nous comme une tendance, un poids sur notre destin, un sang qui court, un comportement qui remonte à la nuit des temps.

Rainer Maria Rilke

Je t'en prie, père Inouba, ouvre-moi la porte.
Ô fille Ghriba, fais tinter tes bracelets.
Je crains l'ogre de la forêt, père Inouba.
Ô fille Ghriba, je le crains aussi.

Idir et Ben Mohamed

Plus même cette petite vitre pour vous distraire du cauchemar de l'humanité assassine.

Fred Vargas

L'AVENUE DE VERRE

DE LA MÊME AUTEURE

Les Vies autonomes,
une enquête poétique
préface de Camille de Toledo
illustrations de Lauriane Miara
Actes Sud, 2022

CLARA BRETEAU

L'AVENUE DE VERRE

roman

ÉDITIONS DU SEUIL
57, rue Gaston-Tessier, Paris XIXe

Pour l'écriture de cet ouvrage, l'auteure a bénéficié d'une aide de la Région Centre-Val de Loire, de l'État (Drac Centre-Val de Loire, CNL), de Ciclic Centre-Val de Loire ainsi que des Archives du Cher et du Loir-et-Cher, dans le cadre du dispositif Auteur associé.

ISBN 978-2-02-157595-8

www.seuil.com

À mon fils Saul

Il est de dos, dans sa combinaison rouge. Devant lui, la raclette virevolte sur la vitre. Son bras dessine de grands huit couchés qui descendent, de plus en plus serrés. Vers la fin, il a des mouvements d'escrime et l'on aimerait que l'image ralentisse – pour mieux voir, derrière la mousse qui disparaît, son corps qui se reflète brièvement dans le carreau. Il se déplace un peu sur la gauche, glisse la raclette dans sa ceinture, saisit le mouilleur et se remet à badigeonner à toute vitesse, sans regarder. Par moments, il agite vigoureusement le bras au-dessus de sa tête comme s'il faisait de grands signes à travers la vitrine. Anna avait remarqué ça, un jour, en apercevant la voisine d'en face qui gesticulait à sa fenêtre : les gens qui nettoient les vitres, de loin, on dirait qu'ils appellent au secours.

Une grande vague de mousse envahit à nouveau le carreau. Elle garde des impressions de gestes, les rayonnages dans le magasin deviennent flous. Anna avait longtemps cru que ce métier, c'était effacer des traces – de pluie, de doigts, d'insectes écrabouillés, de souffles, quand les gens viennent coller leur visage trop près contre la vitre. Être laveur de carreaux, c'était fabriquer de la transparence, comme d'autres fabriquent du pain. Il y avait quelque chose là-dedans de l'opticien, de celui qui aide à y voir clair. Et pourtant, lorsqu'elle le regarde travailler, Anna voit aussi l'envers caché de ses mains, tout ce temps qu'elles passent à voiler les surfaces, à les rendre soudain tout opaques et brumeuses.

Il est de dos, c'est son père, mais il pourrait être des milliers d'autres. Des milliers d'hommes qui, arrivés au même moment du même endroit que lui, tentent obscurément, par leurs gestes répétés – sur les vitres, le métal, le bois, le PVC –, d'effacer ce quelque chose qui leur mousse en dedans et brouille les surfaces. Des milliers qui s'accrochent au quotidien, s'attachent à le rendre lisse et translucide. Affairés, concentrés sur leur tâche, ils ne voient pas les petits bouts de langage qui, malgré tout, s'échappent autour d'eux. Il y a beaucoup de lettres, par exemple, qui apparaissent et disparaissent sur ces vitres que nettoie le père d'Anna : des S entremêlés quand la raclette descend, des U inversés le long de l'encadrement, des O en ribambelle dans la mousse en spirale. Et tout plein d'autres lettres, sûrement, de cet alphabet berbère qu'Anna ne connaît pas mais dans lequel s'écrivait autrefois le monde de son père.

Au fil du temps, la grande raclette qu'il tient dans la main est devenue comme le prolongement naturel de son corps. Anna aurait aimé qu'il s'arrête, se repose. Lui laisse jeter un œil aux vitres qu'il nettoie. Elle se voit saisir les lettres et toutes ces traces que son père efface, les poser devant elle, sur un petit présentoir, comme au Scrabble, et avec les plus belles, les plus pesantes, les plus chargées, elle compose des phrases mot compte triple qu'elle projette sur la vitre. Le carreau se recouvre d'un tissu de mots dense et collant, impossible à enlever.

Elle se souvient de ce dessin où l'on voit, sous un « Bonne fête, papa » entouré des drapeaux algérien et français, son père tout en haut d'une échelle appuyée contre le mur d'une maison coquette. Sa mobylette avec ses seaux est garée sur le bas-côté, il y a des balais qui flottent sur la page, et puis aussi un palmier, une pastèque, comme des meubles rescapés d'une tornade. Anna a colorié la peau de son père en marron foncé, il porte un béret rouge, une combinaison violette, et tout son corps est transparent. Quand on regarde au travers, on distingue les barreaux de l'échelle argentée.

Dans une exposition à l'Institut du Monde arabe, « Son œil dans ma main », l'écrivain algérien Kamel Daoud décrit sa sensation de ne plus avoir de corps, d'être tout transparent, effacé par la génération des pères fondateurs statufiés, fiers et grands. Mais qu'est-ce que c'est alors, se demande Anna, qu'être l'enfant d'une ombre, d'un corps qui disparaît, et subsiste tout léger, flottant comme un drapeau sur des barreaux d'échelle, au guidon d'un scooter ? Qu'est-ce que ce papa de verre que l'on a façonné et donné à Anna, et qu'elle regarde aujourd'hui, comme on contemple une figurine, sans trop savoir qu'en faire ?

Chez elle, Anna ne lave jamais les vitres. Les grandes fenêtres de son appartement restent parfois des années sans être nettoyées. Sur le carreau, les traces discrètes tamisent la lumière, floutent les vis-à-vis, remplacent les voilages. Le kit de ménagère en plastique rose qui a fait partie de ses premiers jouets n'a pas rempli son office. Il lui a plutôt, semble-t-il, inculqué l'idée que nettoyer était un jeu, un art, pas quelque chose de laborieux, nécessaire ou sérieux. Dans l'angle des fenêtres, les toiles d'araignées sont des bouts de nuages, des animaux, presque, qu'il ne faut pas perturber.

Elle revoit son père face à elle qui sourit, l'œil brillant. Parfois, devant Anna, il prenait entre ses doigts un grand mouchoir blanc, le mettait dans sa bouche. Puis il portait la main à son oreille, l'air surpris, et en ressortait lentement le mouchoir. Éberluée, Anna regardait le long serpent de tissu s'extirper de la tête en se tortillant, extraordinairement blanc, comme sortant de la machine. L'image de cette matière claire et torsadée, de ce chiffon lavé extrait du crâne de son père la trouble encore aujourd'hui. Elle dit que quelque chose lui manque, en lien avec l'Algérie. Elle sait que c'est le lieu du silence, le lieu de la transparence. Entre elle et ce pays, la vitre est si bien astiquée qu'elle disparaît. On pourrait s'y cogner, la faire voler en éclats.

Quand son père était couché, trente kilos en moins, la peau jaune et le ventre gonflé, il répondait aux questions d'Anna en lui disant qu'il n'avait rien à se reprocher. Puis il se taisait. La mort dans ses draps ne changeait rien. Elle le ramenait, disait-il, là-bas, près des siens. Et elle lui cousait la bouche, plus serré encore. Les rares choses qu'il lui avait dites sur la guerre au fil des ans surnageaient dans la tête d'Anna : des histoires de mitraillettes, de mort qui colle aux trousses. Des slogans, pas vraiment des histoires : « Marche ou crève », « La vie est une jungle ». Ils dérivaient dans le vide comme des vêtements sans corps. Anna méditait sur le silence de son père. Voulait-il dire que celui-ci avait su se libérer d'un cauchemar ? Ou bien, au contraire, que ce cauchemar l'avait entièrement recouvert, sculpté à son image, contraint à vivre selon sa loi ?

Dans la chambre, près du lit, Anna avait remarqué, alignés sur la cheminée, de faux œufs Fabergé à la porcelaine peinte et aux petits pieds dorés. Elle avait entendu parler de ce rite de fertilité qui se pratiquait autrefois dans les montagnes des Aurès, là où son père était né. À chaque mariage, avant la nuit nuptiale, les hommes se réunissaient pour dégommer à la carabine une rangée d'œufs disposés contre un mur. Anna retrouvait les reflets transposés de ce rite en France, dans une chambre conjugale, enveloppés dans une vue des jardins de Versailles, d'une bergère en robe rose, de paysans bretons. Y avait-il aussi en elle, sous sa croûte de porcelaine claire – sous ses habits, ses cheveux, ses gestes d'Occidentale et son nom bien français –, d'autres ombres tremblées du monde de son père, comme celles qu'elle voyait clignoter sur le manteau de la cheminée ? C'est en France qu'elle avait été élevée, par une mère française. Avait-elle aussi, comme ces petits œufs kitsch, des doubles fantômes dans cet autre pays ? Qu'avait-elle hérité de ce qui ne se dit pas ? À son retour chez elle, ce jour-là, elle avait déballé les quatre petits œufs en porcelaine qu'on lui avait donnés. Pendant le voyage, l'un d'eux s'était brisé.

Anna ne sait pas grand-chose de son père. En tout cas, pas de ces choses qui comptent et qui pèsent, comme un corps qu'on transporte : pourquoi il est parti et dans quelles circonstances, quelle a été sa guerre, et de quel trou, de quel camion bâché auraient fait irruption, s'il s'était mis à raconter, les membres, la peur, le sang. Anna cherche des histoires, et on lui en raconte. Elle parle à des amis de son père, des anciens collègues, des familles arrivées d'Algérie à la fin de la guerre, comme lui. Elle sait qu'elle oublie vite, alors elle note, collecte. Pour, dit-elle au début, lutter contre le silence. Comme s'il s'agissait d'une force qui serait extérieure à nous, d'une de ces vilaines maladies qui masquent les visages.

Elle aussi, pourtant, quand elle rentre chez elle après ces rendez-vous, reproduit ce silence. Quand elle se retourne vers son conjoint après avoir suspendu sa veste au portemanteau, c'est la première chose qui monte. Ça et l'impression d'être la grenouille qui veut se faire plus grosse que le bœuf et se retient soudain, au bord de l'explosion. Parce que ces histoires qu'il faudrait redire ne sont pas les siennes. Parce que, de l'autre côté du portemanteau, il n'y a qu'un petit caillou de temps et de parole ordinaire, calibré par la promenade du chien, le biberon du bébé, le menu du dîner. Parce qu'il y a aussi, dans ce qu'on lui raconte, de gros trous rouges chez les gens, là, précisément, à l'endroit de la gorge, et que l'image se propage : mortes ou vivantes, les gorges se comprennent, elles communiquent, s'abouchent. Et Anna devant son portemanteau se sent prise dans un entonnoir de bouches et de gorges béantes, ouvertes sur un vide.

À 35 ans, pourtant, c'est devenu son métier : interroger les gens, trouver des sources, collecter des histoires. Anna écrit et enseigne, à l'université. La plupart de ses cours prennent la forme d'enquêtes. Mais quand il s'agit de son père, tous ses outils s'émoussent. Elle a toujours 8 ans. Noël, un ami d'enfance chercheur en laboratoire, passe ses journées armé de radiotraceurs à explorer des corps. À les mettre en images, faire en sorte qu'on puisse voir un peu mieux au-dedans. La moitié de son corps à lui, pourtant, est plongée dans le noir : il n'a jamais rien su de son père biologique. Au CP, Noël passait ses récrés à courir après Anna, à vouloir l'attraper. Aujourd'hui ils se sont perdus de vue, mais leurs silhouettes dans la glace se poursuivent encore. Elles courent, l'une derrière l'autre, au-devant de quelque chose qui toujours se dérobe.

Un soir, en rentrant d'une discussion avec un ami de son père, Anna s'assoit sur le canapé, seule dans l'appartement. Face à l'écran de télé noir, elle se rend compte qu'elle n'a jamais cherché d'images de la ville de Batna et de ces montagnes du Sud d'où venait son père, les montagnes des Aurès, en pays chaoui. Elle voudrait trouver des vidéos tournées par des gens là-bas, voir à quoi ressemblent les paysages, les rues, les montagnes, avoir l'impression d'y être. En épluchant les moteurs de recherche, elle tombe sur un film, *Centre-ville de Batna*, d'une dizaine de minutes. Il est tourné depuis l'intérieur d'une voiture. La caméra, un téléphone sans doute, a été fixée au milieu du pare-brise, sous le rétroviseur, là où l'on met les grigris, les sapins qui sentent bon et les yeux porte-bonheur.

Anna regarde la voiture qui roule le long des avenues larges de Batna, elle aperçoit un peu la ville et les montagnes, poussées sur les côtés. Il se met à pleuvoir. Des gouttes apparaissent un peu partout sur le pare-brise et sur l'image, les essuie-glaces commencent à s'activer, mais les gouttes l'instant d'après reviennent aussitôt. Et la vidéo se poursuit, la caméra continue de filmer. Anna reste là, à regarder la pluie qui s'écrase sur l'écran. Elle ne distingue plus quoi que ce soit au travers. Elle reste les yeux collés à cette caméra qui filme malgré tout, et qui filme quand même. Comme si le centre de la ville, et de toutes les villes, et de toute l'Algérie, se trouvait finalement là, dans cet écran plein de gouttes dont elle ne peut détacher les yeux.

Son regard suit les balais qui vont et viennent sur le pare-brise. Et elle revoit les bras de son père s'agiter en cadence, lui l'homme essuie-glace qui passait ses journées contre des vitres trempées, à effacer des traces qui sans cesse revenaient. Anna se demande si elle ne vient pas de trouver, dans cette obstination à regarder des tissus de gouttes et des rideaux qui tremblent, quelque chose du monde de son père de plus important encore que le paysage, le revêtement des rues ou la forme des montagnes.

Une grande artère de verre qui court, d'un fleuve à l'autre, à travers les différents quartiers de la ville. C'était ça, son domaine. C'était elle qui avait remplacé l'Algérie. Avec ses pharmacies, ses banques, ses salles de sport, ses magasins de lunettes, vêtements et chocolats. Et, plaquée sur tout ça, cette grande carapace vitrée dont il était l'écuyer, qu'il entretenait jour après jour, sur ses deux faces ; en récurant les parois mal articulées, grattant les empreintes de colle et de poussière, éliminant les toiles d'araignées avec, pendant l'été, tous les pollens de platanes blonds et brillants qui se prenaient dedans.

Il y avait des choses, bien sûr, dans cette Touraine où il avait trouvé refuge, qui rappelaient son pays, les lieux de son enfance. Des troglos creusés dans le calcaire, des vallées maraîchères, des vergers, des fermes, des troupeaux. L'été, le lit asséché de la Loire et ses grands bancs de sable chauffés à blanc serpentaient dans l'œil d'Anna comme les empreintes d'un oued tari. Le nom du fleuve lui-même, à travers son adjectif, « ligérien », était devenu pour elle à force de tressaillir dans son oreille comme un ressortissant, un affluent sonore du corps de l'Algérie.

Ce n'était pourtant pas dans cette Touraine de nids d'aigles, d'eau et de calcaire que son père avait choisi de vivre. Lorsqu'il avait dû renoncer à son rêve de devenir tailleur de pierre après un accident, il s'était transporté loin des anfractuosités de la roche, des troupeaux de son enfance – dans ce cœur brillant de la ville où régnaient les marchandises, le spectacle, les grandes équivalences. Il n'y avait pas en France de ces trottoirs magiques où les billets, comme on disait chez lui, se ramassaient à pleines mains. Mais il y avait, lorsqu'on relevait les yeux, ces vitrines étincelantes contre lesquelles les Français projetaient leurs désirs, ces grands murs que l'argent n'effaçait pas mais qu'il rendait très doux, et presque transparents.

Peu à peu, il était devenu le confident, le gardien de ce monde. Les commerçants lui faisaient confiance, il leur rendait service, naviguant de l'un à l'autre, écoutant leurs histoires, colportant leurs nouvelles ou attendant leurs coups de fil, installé en terrasse. L'Univers, ce grand café-restaurant en face de l'hôtel de ville, était devenu pour lui au fil du temps un bureau, un chez-soi, un quartier général. Le résumé de son monde.

Il portait bien son nom. Encore aujourd'hui pour Anna, c'est là, lorsqu'elle regarde autour d'elle en s'asseyant, s'attendant toujours à le voir surgir à travers les portes vitrées, qu'elle a la sensation de se rapprocher le plus de l'Algérie de son père. De ce qui, en ayant pris la place, est devenu pour elle comme une passerelle vers ce pays. Elle a grandi dans l'idée que tout là-bas était dangereux, lointain, inaccessible. Coincé, comme un djinn dans un télescope, entre des gloires romaines très anciennes et une paix à des années-lumière dans le futur.

Avec ses longues tablées, son comptoir rutilant, ses armées de serveurs et sa grande verrière, l'Univers, malgré son nom cosmique, redonne à l'Algérie une épaisseur, une croûte, une assise bien présente. Puisque c'est là que son père a vécu. Là qu'il a déménagé son monde. Pas dans cette maison, à l'autre bout de l'avenue, où il n'était jamais, à peine pour dormir. Mais là, dans ce café dont il connaissait par cœur les coulisses et où il venait de temps en temps ranger des secrets. Comme ce bloc de foie gras, enveloppé d'alu et ramené d'on ne sait où, qu'il était venu entreposer une fois dans l'un des grands frigos du resto, et dans lequel Anna ne peut s'empêcher de voir le reflet de tout ce qui mijotait et confisait alors, lentement, inaccessible, dans les creux de son corps.

Anna n'a peut-être en fait jamais vu son père au travail. Elle serait incapable de décrire ses gestes, son style, ses manies. L'ombre qu'elle voit s'affairer dans ses pensées est toujours de dos, elle n'a pas de visage. Anna regarde des vidéos sur Internet : « Comment laver une vitre sans traces ? La technique en "S" des pros ! » ou « Comment laver des vitres (démonstration) ». Elle note que les techniques pour effacer les traces varient selon les pays, chacun a la sienne, il y a la française, l'américaine, l'italienne. On ne parle pas de la technique algérienne. Un ancien collègue de son père raconte au téléphone : « Il faisait les vitres, tac, tac ! Il disait : "Les bords ça se salit pas", ça gouttait dans tous les sens, il y avait des coulures partout ! Mais il abattait le truc, il abattait l'arbre, et moi je faisais les branches. » Anna aurait besoin de voir ça en vrai, cette histoire de branches d'arbre, de S, de coulures.

C'est un matin très tôt, en descendant l'avenue de verre pour aller à la gare, qu'elle les aperçoit. Ils sont deux, ils travaillent sur de hautes vitrines, à cinquante mètres de distance, l'un pour une pharmacie, l'autre pour un magasin d'ameublement. Anna ralentit le pas. Elle voudrait s'adosser contre un mur, s'asseoir. Prendre le temps de les regarder, de déchirer, lentement, la peau d'invisibilité qui les protège. Elle n'ose pas. Elle pense à la honte que la société inculque à ceux qui la nettoient. Intouchables, pense-t-elle, même par le regard. Anna se souvient pourtant de ce balayeur municipal, à Vitry, qui suspendait autour de sa carriole des ribambelles de tétines multicolores trouvées lors de ses rondes. C'était comme un appel silencieux aux passants, une guirlande de clins d'œil qu'il tirait derrière lui.

À cette époque-là, Anna vivait bringuebalée par le travail entre plusieurs pays – France, Ukraine, Allemagne, Angleterre. Elle changeait vite de langue, de compagnon, de vie. Elle aussi tirait après elle sa petite carriole de nomade en voyage qui se remplissait, dans ses allées et venues, de souvenirs et d'images qu'elle suçotait longuement. C'était devenu une manie qu'elle avait ramenée à Tours, dix ans après, en s'y réinstallant.

Elle s'arrête de marcher, sans raison apparente, puis elle fait mine de fouiller dans son sac pour les observer. Pourquoi ce besoin de se cacher pour regarder des gens qui font leur boulot, tranquillement, sans se soucier d'elle ? Son ami Gustavo prend parfois des photos en faisant semblant de téléphoner, de biais, le portable à son oreille orienté vers sa cible, le doigt appuyant à l'aveugle sur le déclencheur. Elle réfléchit une seconde puis tire son carnet hors de son sac et se met à écrire. Elle essaie de fixer les images qui défilent dans le coin de son œil, comme lorsqu'elle était petite, sur l'avenue, quand son père passait devant elle en mobylette. Comme autrefois, elle est déjà dans le souvenir, la reconstitution de ce qui s'agite encore juste là pourtant, de l'autre côté de la rue.

Anna remarque des choses anodines. Par exemple, que les deux laveurs de carreaux ne restent pas tout le temps le nez collé contre la vitre. Pour nettoyer les deux tiers supérieurs, ils reculent de quelques pas puis vissent le mouilleur et la raclette au bout d'un long manche qu'ils font descendre en bandes verticales. Anna repense à ce poisson qu'il y avait chez elle dans l'aquarium de la cuisine. On l'avait surnommé « le laveur de carreaux » parce qu'il passait une partie de son temps, la bouche appliquée en ventouse contre la paroi, à aspirer les films d'algues microscopiques qui recouvraient sa surface. Armés de leur long manche, les hommes nettoyeurs en face d'elle ne ressemblent pas à ce poisson ventouse. Ils ont l'air au contraire de tenir la vitrine en respect, comme un adversaire que l'on essaierait de garder à distance, à la pointe de la lance. À bien les regarder, Anna se rend compte que son père était toujours plus ou moins placé, lorsqu'il travaillait, face à son reflet. Les vitrines qu'il nettoyait étaient également de grands miroirs en pied, un palais des glaces qui ne le quittait pas et dont il fallait se coltiner le regard, peut-être plus pesant, plus troublant encore, que celui des passants. Et même s'il n'était pas allé à l'école, ne prêtait pas attention à son accoutrement, ne se livrait jamais à aucune forme d'introspection, le métier qu'il avait choisi était en même temps, étrangement, l'un des plus humbles et des plus réflexifs qui soient.

Dans l'une des rares séries de photos qu'elle a de lui, son père, en voyage en Tunisie, évolue à travers une dune : parvenu au sommet il écarte les bras, les jambes, l'ocre de la pente est si doux qu'il se confond avec le ciel et l'on pourrait croire que le corps de son père s'est mis à voler, à léviter dans un nuage de sable. Étalée sur sa poitrine, il y a une image de son visage, imprimée en noir et blanc sur son T-shirt, presque à l'échelle. Anna n'a jamais vu ailleurs ce genre de T-shirt. Elle a entendu parler d'une espèce de chenille, la chenille licorne, qui entasse en grandissant sur sa tête les différentes mues de son crâne. Sur la photo, elle voit ces deux visages de son père empilés l'un sur l'autre, comme s'il se promenait en compagnie d'un reflet, de son double vitré qui aurait fini par lui coller à la peau. Elle se demande quelle est cette autre version de lui-même, décolorée, plissée, qui lui flotte sur le torse. « Wanted, dead or alive. Récompense de 50 000 dollars », peut-on lire sur le T-shirt. Au-dessus de sa tête mise à prix, le corps déployé sur la dune comme quelqu'un qui se rend, son père sourit.

En rangeant ses papiers, Anna tombe sur une photo d'elle, enfant, dans les bras de sa grand-mère. Elle la pose contre une lampe. Le soir venu, après dîner, elle retourne l'examiner. Elle observe attentivement le nez, les pommettes, la bouche, cherchant ce qui des traits de sa grand-mère perdure dans son visage. Pour tenter de mieux voir, elle s'approche d'un miroir, le cliché contre la tempe. Est-ce pour cela, se demande-t-elle, qu'on se regarde tous les jours dans la glace : pour apercevoir des traces de ses proches disparus ?

Sur la photo, la grand-mère porte des lunettes teintées, une coupe à la garçonne, un pantalon de gros velours. C'est elle qui a élevé Anna et son frère aux côtés de leur mère. Elle est morte le soir de la Coupe du monde de foot, en 98, quand le pays entier explosait dans la joie. Des années après, Anna a appris que sa grand-mère, tout le temps qu'elle l'avait connue, carburait aux antidépresseurs. Derrière la mamie enjouée qui fabriquait des meubles, campait dans leur salon et les emmenait marcher se cachait un être travaillé par la peur et les médicaments, que le cancer avait rattrapé d'un grand coup de mâchoire.

Anna repense à la photo de son père dans les dunes tunisiennes, avec sa deuxième tête floquée sur son T-shirt. Y avait-il là un autre gouffre invisible à son regard d'enfant ? Lui aussi, sur ce cliché, s'approche un peu de nous comme d'un miroir, une image à la main, semblant s'interroger sur un souvenir, une disparition. Il y a quelque chose de monstrueux tout à coup dans la figure de ce père bicéphale, de ce père multiple, quelque chose qui contredit le calme du désert, le sourire, la sérénité apparente. Anna a lu ça quelque part, si la chenille licorne empile ses têtes, c'est pour repousser les prédateurs. Qui lui dit après tout qu'une force ne sillonne pas ces dunes à la recherche de son père ? Qui lui dit que d'autres doubles inquiétants ne sont pas là, cachés sous son T-shirt ou bien ensevelis dans le sable derrière lui ? Elle repense au sens ambigu, en arabe, du nom de famille de son père, Baloul : « celui qui rit », « l'idiot », « le fou ». Pendant la période coloniale, le nom a fait partie des patronymes humiliants que les autorités françaises, changeant dans les années 1880 les règles de nomination des indigènes d'Algérie, ont donnés à certains d'entre eux. Comme si multiplier et brouiller les systèmes d'appartenance, créer des hydres généalogiques n'était pas assez et qu'ils méritaient aussi d'être désignés – sur la tête de leurs fils et de leur descendance – « lâches », « pourris », « chiens » ou « fous ». Mais le fou est-il celui qui perd la tête ou celui qui en sécrète, sans arrêt, de nouvelles, toujours plus grimaçantes ?

Baloul, c'était le nom que leur père n'avait pas voulu transmettre à Anna et à son frère au moment de leur naissance. Celui auquel il avait préféré le « X », les dissimulant, l'un et l'autre, sous la cape du père inconnu. Anna les revoit tous les trois en train de jouer, sur le grand lit double de sa mère qui servait de canapé. Ils disparaissent sous la couverture, leurs corps font des bosses qui se soulèvent et gloussent doucement.

Il ne leur avait pas donné son nom, disait-il, pour les protéger du racisme. Il valait mieux pour eux qu'ils prennent celui de leur mère, un patronyme aux sonorités bien françaises, issu des milieux paysans de la Sarthe. Petit à petit pourtant, comme tous les enfants, Anna avait compris. Son père n'avait pu le leur donner, ce nom, parce qu'il était déjà pris. Par d'autres enfants – beaucoup plus âgés –, par une autre femme, une autre vie. Ils habitaient avec lui, pas très loin sur l'avenue. Ils étaient là avant, ils seraient là toujours. Ils ne soupçonnaient rien. Ils se croyaient uniques.

La Française, d'abord, n'avait pas voulu voir. Puis elle avait pris le pli. Quand Anna ou son frère évoquaient l'autre famille, cherchant à mieux comprendre, leur père leur en parlait comme des êtres de sable. Du bout de l'ongle il effritait leurs visages, doucement, sous leurs yeux. Le langage, le monde de ce côté-là, soudain, n'avaient plus de substance. Que voulaient dire les mots « frère », « sœur », si on les vidait de leur sang, de cette vie qui aurait dû leur battre à l'intérieur ? Si proches, presque au coin de la rue, leurs ombres se trouvaient aspirées, fondues dans le silence.

Anna revoit les dunes qui ondulent et s'étirent derrière son père, lisses et pâles, à l'arrière-plan de la photo. Elle sait leurs pouvoirs illusionnistes – leurs pentes et leurs glissements, prompts à convoquer des silhouettes, à les faire disparaître. Dans les mouvements du sable, une autre figure surgit. Hadj. Ça fait toujours drôle à Anna de l'appeler comme ça, de l'appeler tout court. Quand elle était petite, personne ne prononçait le prénom de son grand-père algérien. Son père avait dit à Anna qu'il était guérisseur, né près du Sahara. Et puis qu'il était mort quand lui était très jeune. Peut-être les deux hommes se ressemblaient-ils. Peut-être est-ce le visage de Hadj qui tremble sur la poitrine de son père, dans les plis du T-shirt.

Anna ne peut s'empêcher de sentir dans l'image une menace, l'idée d'une vie en danger et d'un père en cavale, disparu, traqué. *Wanted, dead or alive*. Mort ou fuyard. C'était une autre version de ce « Marche ou crève » qu'Anna avait entendu tant de fois dans la bouche de son père. Il ne lui avait jamais parlé ouvertement d'un danger l'ayant ciblé. « Avec lui, disait l'une de ses clientes, on devait rapprocher les coins. » C'était vrai pour les vitres, mais pour le reste aussi. Il fallait rassembler les traces qui subsistaient, un peu maigres mais tenaces, après des décennies de nettoyage acharné. Cette photo, avec ce T-shirt et son flocage, était peut-être le reflet de quelque chose d'impalpable, atomisé, dispersé dans les dunes.

« La valise ou le cercueil. » La menace avait résonné de nombreuses fois, à l'indépendance, aux oreilles des pieds-noirs. Pour les Algériens comme son père, pourtant, au moment de la fuite, il n'avait même pas été question de valise. Anna lui avait demandé une fois de lui apprendre une chanson, un air de chez lui. Il avait répondu : « Le seul chant qu'on entendait quand je suis parti, tu sais, c'étaient les mitraillettes. »

En 1962, son père avait 17 ans. Il n'avait pu prendre avec lui que son petit frère, Boubakeur, et une veste qu'ils avaient dû vendre, à l'arrivée en France, pour s'acheter à manger. L'image sur le T-shirt est peut-être l'empreinte de cette veste disparue, de tout ce que son père a dû laisser derrière lui et qui a continué, *dead or alive*, de lui coller à la peau, se glissant dans sa doublure. Ce visage en noir et blanc, un peu plus jeune, un peu plus flou, c'est son père quand il était enfant, adolescent. C'est son père dans la guerre, ce qu'il y a vu, vécu. Et qu'Anna paierait cher, effectivement, pour pouvoir retrouver.

La racine ne veut pas bouger et le dentiste l'entame au foret. Anna se concentre sur la grille d'aération encastrée dans le plafond. Elle s'applique à soutenir sa mâchoire à deux mains, serrant les doigts et essayant de les faire tout petits contre son cou pour ne pas gêner le passage des outils. Un bout de dent qui a échappé au tuyau d'aspiration atterrit sur la langue d'Anna, qui se redresse brusquement sur son siège. La sensation que de petits bouts d'os projetés dans sa bouche glissent vers son œsophage se reproduit plusieurs fois. Alors qu'elle louche sur les lunettes-loupes qui donnent au dentiste penché au-dessus d'elle une tête de microscope, Anna découvre la peur d'avaler ses dents.

Elle avait cru longtemps qu'elle ne portait aucune marque de ses origines. C'était à croire que les signes de reconnaissance n'avaient pas disparu juste de son état civil mais de son ADN même. « Lafrance », c'est le patronyme d'une de ses amies d'enfance, née le même jour et au même endroit qu'elle. Anna aurait tout aussi bien pu porter ce nom-là, tant rien dans son visage n'évoque l'Algérie. Lorsque l'on voit ses cheveux, ses yeux un peu plus noirs, on pense qu'elle est italienne, espagnole, indienne. Anna est une sorte de caméléon. Elle prend l'apparence du lieu où elle se trouve.

Elle croise de temps en temps d'autres métisses comme elle, filles du même mélange – père algérien, mère française. La plupart portent le nom de leur père. Elles en ont aussi les cheveux, les yeux, la couleur de peau ou la forme du visage. L'une d'entre elles, Louna, a tourné en Algérie un documentaire dans lequel elle apparaît brièvement. Alors qu'elle se penche pour saisir des photos que son père lui tend, la tranche de son visage se profile un instant dans le coin inférieur droit de l'image. On distingue une tempe, une mâchoire, une mèche de cheveux frisés, une créole qui se balance. Son corps, tous ses traits s'inclinent vers son père. Elle lui ressemble. Une courbe de joue au bas d'un écran suffit pour le dire, là où chez d'autres le corps entier se tait.

Vers l'âge de 30 ans, Anna avait rencontré pour la première fois une parente de son père. En lui souriant, celle-ci avait dévoilé des canines très pointues et avancées. Anna avait les mêmes. On l'avait parfois taquinée sur ces dents irrégulières, leur forme carnassière.

Anna croyait qu'elles avaient été poussées vers l'avant à l'adolescence par des molaires qui ne trouvaient pas leur place. Ce jour-là, face à sa parente, Anna comprend que ces deux petites lames dans sa bouche qui sortent du rang sont une marque d'appartenance. C'est un trait, crypté depuis toujours, de son ascendance algérienne, qui se découvre lorsqu'elle ouvre les lèvres.

Chez certains, tous ces signes sont clairs, visibles, convergents. Chez Anna, ils se cachent. Ils sont *under cover*. « Sous la couverture ». C'est l'expression qui lui vient. Comme si le lien à l'Algérie était resté collé au creux d'un lit. Enfoui sous les draps, la chair. Anna cherche depuis longtemps à s'en débarrasser, de cette chair. Elle voudrait que ses membres soient entièrement de muscles, tout son corps allégé, comme ces petites grenouilles de verre en Amérique du Sud dont on voit parfaitement les organes sous la peau translucide.

À sa naissance, Anna arborait une ombre bleu ardoise dans le bas de son dos. C'était ce qu'on appelait la « tache méditerranéenne ». Progressivement, les pigments s'étaient diffusés, glissés sous la peau blanche. L'empreinte avait paru, puis elle s'était éteinte. C'était la seule marque visible de l'Algérie qu'Anna avait portée. Il y avait eu ce clignotement vague de la peau à la naissance, ce petit quelque chose qui lui avait fait signe, avant de disparaître.

Anna lève régulièrement la tête vers le velux de son bureau. Entre elle et les nuages, la vitre étend une pellicule discrète de grains beiges et brillants, serrés les uns contre les autres. Çà et là, des trouées claires de toutes les formes et de toutes les tailles, comme les taches qu'elle faisait petite sur la toile cirée de la cuisine en buvant son chocolat chaud. Il y a des lacs, des miroirs, des méduses, des génies de lampe magique sur leur colonne de fumée, des visages emperruqués et des empreintes de pas. Il y a de petites mouchetures blanches, très compactes ou bien effilochées, de vraies fientes de nuages, piquetées de poils ou de poussières. Deux ou trois coulures brunes, aussi, tombées des oiseaux, en forme d'asticots. C'est un double vitrage, les marques sur la vitre intérieure sont plus pauvres et plus rares, beaucoup de rayures, des griffures. De temps en temps, quand la lumière frappe de biais, Anna aperçoit sur les bordures, comme si quelqu'un avait voulu palper le carreau, des marques semblables à des traces de doigts.

Ça s'était fait progressivement, depuis qu'elle était petite. Quand elle marchait en ville, dans les rues ou sur la grande avenue qui traverse Tours de part en part, elle avait pris l'habitude de le chercher du coin de l'œil, en traînant un peu le regard. Son père venait chez elle deux ou trois soirs par semaine. Il ne venait pas la chercher à la sortie de l'école, ne passait pas les week-ends avec elle. Dans ces moments nombreux où il était absent, Anna le guettait. Elle le savait, il n'était jamais très loin : iI pouvait surgir à chaque coin de rue, tout le long de l'avenue, sillonnant la ville sur sa mobylette, avec ses hautes échelles qui émergeaient du flot des voitures et pointaient vers lui comme des flèches. Quelque chose en elle tentait alors, sans trop s'en rendre compte, comme son père lorsqu'il travaillait, de « rapprocher les coins ». Étirer son œil vers le bord, lorgner vers la périphérie. Là où l'on perçoit mieux les mouvements, même la nuit. Là où, grignotée de l'intérieur, la vision parfois se retranche.

Un jour qu'elle enquêtait en Normandie pour un projet de recherche, Anna avait rencontré un homme malvoyant, Christian, dont la vue depuis l'adolescence était repoussée, un peu plus chaque année, vers les bords. Malgré ce noir qui grandissait, Christian faisait tous les jours de la « pêche à la tâte ». Appuyé sur ses deux rambardes de lumière et sur un sens aigu du toucher, il débusquait à marée basse dans les rochers des quantités de homards, de tourteaux, d'araignées.

Lorsqu'elle farfouillait près de Christian sur l'estran en essayant d'imaginer sa vie éclairée sur les côtés, Anna revoyait par flashs les déambulations de son enfance, l'œil en coin, sur la grande avenue de verre. Il avait toujours été facile à Anna de repérer son père dans la ville. Il aimait à l'époque les habits colorés. Il fallait qu'on le voie de loin. Avec ses bérets rouges ou verts, ça marchait plutôt bien. Pour beaucoup de monde au fil des ans, il était devenu un repère, un voyant sur le tableau de bord urbain, presque un feu de circulation, s'allumant et s'éteignant.

Pendant quelque temps, vers l'âge de 7 ans, Anna s'était mise à jouer avec les feux rouges. Lorsqu'elle était en voiture avec sa mère, elle leur chantait des chansons. Elle faisait surtout ça avec le feu au croisement de sa rue et de la grande avenue de verre. Assise sur son siège à l'arrière de la voiture, elle ne quittait plus le feu rouge du regard et lui chantait une vieille mélopée en hébreu apprise à la chorale, « Hashivenu ». Des années plus tard, Anna irait chercher la signification de ces paroles qu'elle ânonnait sans comprendre : « Ramène-nous / Vers toi / Et nous reviendrons / Restaure / Nos jours comme par le passé. » Chaque fois, le feu rouge durait moins longtemps. Le vert revenait plus vite. Anna n'en démordait pas : ces feux, elle les ensorcelait.

Il lui arrivait souvent de croiser son père sur l'avenue. Il ne s'arrêtait pas. Anna voyait sa main s'élever dans l'air, il la saluait brièvement puis disparaissait dans le bruit du scooter. Elle s'habituait à cette présence clignotante. Quand il marchait en compagnie de clients, la plupart du temps, il faisait mine de ne pas la reconnaître. À ce moment-là, ce n'était plus seulement la main mais le corps tout entier de son père qui devenait un signe. Une lettre qui, détachée de ses semblables, ne signifiait plus rien. Hormis ce « X », peut-être, qu'il apposait parfois au bas des documents, parce qu'il ne savait ni lire ni écrire. Ce « X » dont on avait dit à Anna qu'il était inscrit, sous le nom du père, aux registres de l'état civil. Pour l'administration, cela voulait dire qu'elle était née de père inconnu. Mais puisqu'il s'en servait parfois aussi comme signature, cette lettre devait quand même, se disait Anna, le désigner quelque part, lui ressembler un peu. « Ramène-nous / Vers toi / Et nous reviendrons / Restaure / Nos jours comme par le passé. » Anna avait tracé un « X » sur une page. C'était presque un dessin. Deux trajectoires qui se croisent, avait-elle pensé, et passent leur chemin.

Anna se demande comment son cerveau d'enfant modelait les absences, les installait, bien solides, comme des rocs dans le paysage. Chez elle, dans l'aquarium, le poisson laveur de carreaux restait là jour et nuit, le nez collé à la vitre ou planqué sous un rocher. Son père, lui, s'éclipsait sans arrêt, plusieurs jours d'affilée. Où était-il, en dehors du bocal ? Anna ne se posait même pas la question.

Un jour, sur un dessin fait pour la fête des Pères, l'autre maison était apparue. Anna s'était représentée, debout sur un petit îlot de terre, à distance respectueuse d'une grande bâtisse qui flottait, porte fermée et vitres closes. Encadrées de jolis rideaux rouges, les fenêtres, toutes blanches et barrées d'épais meneaux en croix, ne laissaient rien transparaître. Et c'est à cette maison remplie de brouillard qu'Anna, de l'autre côté de la page, souriante dans sa robe à pois, disait « bonne fête papa ».

Dans la chambre qu'elle partageait avec son frère, elle avait demandé à sa grand-mère qui enseignait la menuiserie de lui construire un lit en hauteur. Cachée derrière les rideaux qui bordaient le pourtour du lit, elle y voyait, disait-elle, « les ennemis arriver de loin ». Au rez-de-chaussée, elle s'était aménagé une sorte de coin abrité dont elle changeait sans arrêt les meubles et la disposition. Sur une photographie, Anna déguisée en grand chambellan et munie d'une baguette se tient là, agenouillée aux pieds de son ours, Balou. Dotée d'une couronne et juchée sur un coffre, la peluche a été baptisée d'après le personnage de Baloo dans *Le Livre de la jungle*, le tout premier film qu'elle a vu au cinéma. Anna a toujours orthographié ce nom comme celui de son père, moin le « l » final. Dans le roman de Kipling et le film de Disney, l'ours est un sage qui inculque au jeune Mowgli les rudiments de la loi de la jungle. Contrairement à Baloo, le père d'Anna, lorsqu'il répétait constamment à sa fille que « la vie est une jungle », n'avait aucun précepte ni règle à lui apprendre. Il accompagnait Anna jusqu'au seuil de la forêt, puis il disparaissait. Comme on avait sans doute fait avec lui, lorsqu'il était petit. Un grand chapeau sur la tête, Anna sur la photo brandit sa baguette vers Balou, en majesté sur son trône. Mais son regard abaissé se perd au loin, vers un point en dehors du cadre. Comme si, à l'instant précis où le doigt appuyait sur le déclencheur, elle avait réalisé soudain que cette effigie et ce trône n'étaient que simulacres. Et qu'elle se retrouvait seule, tout à coup, aux portes de la jungle.

Sous son lit haut perché, dans ce coin qui lui tenait lieu de chambre, Anna avait créé avec sa mère une autre sorte de simulacre, une petite fenêtre dessinée sur une feuille et encadrée de vrais rideaux qui coulissaient sur une tringle. Pour faire varier la vue, il lui suffisait de renouveler le dessin punaisé sur le mur. C'était sa façon à elle de laver la vitre, sans doute. Changer le paysage. Son père, lui, ne laissait jamais aucune trace sur les murs. Ceux qui l'entouraient restaient aussi impeccables que ses vitrines. Pas de signe, pas d'empreinte. Pas de dessin non plus. Ceux d'Anna avaient tous, elle l'avait compris plus tard, été remisés par sa mère dans un grand meuble noir.

Anna y repense un jour, en voyage avec son compagnon dans une petite ville de la Vienne. Elle a trouvé pour la nuit une chambre chez l'habitant. Pour accueillir les voyageurs, le logeur a découpé sa maison en deux ailes séparées par un sas. D'un côté, la partie qu'il habite avec sa femme et leurs deux jeunes enfants. En traversant le hall d'entrée, Anna aperçoit au loin dans un couloir des photos de mosquées et d'architectures orientales. La famille, apprend-elle, est d'origine algérienne, de la région de Tlemcen. Dans la partie mise en location, Anna remarque que les murs ont été soigneusement nettoyés. De petits clous encore apparents montrent qu'il y a eu autrefois des choses accrochées là, mais il ne reste rien – hormis, dans un angle, une toute petite toile industrielle, comme ajoutée à la va-vite, ornée de tulipes rouges.

Cette impression de table rase, Anna l'a ressentie dans de nombreux gîtes. Certains sont neufs, froids et clinquants. D'autres, comme celui-ci, portent encore la marque invisible de leurs occupants, même quand ceux-ci ont tenté de faire le vide. Toute la chambre autour d'Anna dit la volonté anxieuse de laisser place nette, d'accueillir sans laisser de traces. Condensé à l'échelle d'une pièce, l'effacement acquiert à ses yeux une force particulière. Une puissance acoustique, aussi. Avec ses meubles sommaires et ses murs nus, la chambre, répercutant le moindre bruit, se fait caisse de résonance. Dans le vide, les ondes sonores s'affolent. Elles courent, s'enroulent et rebondissent, se multiplient dans l'espace et à travers le temps. Allongée sur le lit, Anna voit se précipiter sur les murs les reflets de générations d'immigrés maghrébins ayant tenté de s'assimiler, de devenir « comme tout le monde ». Elle repense à son père, à son béret, à tous les insignes du bon Français – jusqu'au déjeuner baguette camembert – qu'il avait adoptés pour ne pas se faire remarquer. Cette chambre remplie d'échos le dit bien, pourtant : c'est lorsque l'on efface que soudain tout résonne. Que les fantômes se lèvent. C'est lorsqu'on les dénude que les parois se mettent à parler.

Psychiatre juif dont la famille a été décimée par la Shoah, le beau-père d'Anna ne supporte pas les murs blancs. Partout où il passe, il les recouvre de livres, de tableaux, de visages, de gravures, en colmatant chaque centimètre carré, érigeant tout autour de lui – comme dans les vieux musées ou dans les églises russes – de véritables murs d'images dont Anna sent qu'ils l'enveloppent, l'absolvent, le protègent.

Anna ne sait pas ce que sa mère faisait de l'« autre », quelle place elle avait trouvé à lui faire dans sa tête. Sa mère n'avait jamais rêvé de noyau familial. Du schéma classique deux parents, deux enfants. Elle ne croyait pas au couple, au vœu de fidélité, aux promesses de la vie bourgeoise. Et puis elle était trop attachée, avouait-elle aussi, à ses propres parents. À leurs livres, leur jardin, leur maison pleine de nœuds, pour avoir la force de fonder son monde.

Alors sa mère avait laissé l'autre maison s'envoler, très haut au-dessus de leurs têtes. Un seul filin ténu la reliait encore à eux. Une adresse, qu'Anna avait fini par connaître, on ne sait trop comment. La rue portait le nom d'un aviateur connu. Et la maison avec sa façade en carton virevoltait, glissait dans les nuages. Encore maintenant, pour Anna, c'est comme une dimension palpitant quelque part. Des canalisations invisibles, la doublure d'un vêtement. Une infrastructure blanche. Ça ne peut pas être un lieu avec du bruit, des horloges, de la vaisselle. Des personnages qui parlent et d'autres qui font pipi.

De temps en temps, Anna regardait de sa chambre d'enfant une autre maison, celle de son amie Anne, dans une rue perpendiculaire à la sienne. Quand elle s'accoudait à sa fenêtre, Anna avait vue sur la façade arrière. Elle savait comment c'était à l'intérieur, elle y allait souvent. Tout était propre et dernier cri, lumineux. Les parents d'Anne avaient les yeux bleus, ils étaient bien habillés et parlaient d'une voix douce. Presque tous les jours, Anna observait le grand mur arrière percé de fenêtres qui donnait sur le jardin. Elle aurait aimé que la façade s'efface, laisse apparaître les pièces, les meubles, jusqu'aux menus objets. Anna avait toujours eu le goût des maisons de poupée, sans doute pour ce pouvoir de voir à l'intérieur, de la cave au grenier. Pour ce quatrième mur devenu, comme au théâtre ou sur l'avenue de verre, impeccablement transparent.

Alors qu'elle était accoudée au chambranle, les yeux errant sur la maison de son amie, elle s'était vue une fois entrer dans le hall. Ils étaient tous là, le père, la mère, les enfants. Et, sans raison apparente, le sang s'était mis à couler, en abondance. Elle avait versé le sang, dans cette belle petite maison. Chaque fois qu'elle y pense, Anna revoit le petit visage rond et malicieux d'Hercule Poirot dans le générique de la série télé. Il se disloque peu à peu et ses fragments tournoient, l'écran se transforme en kaléidoscope. Depuis l'enfance, Anna lit et relit sans cesse les romans d'Agatha Christie. Penchée au bord du livre comme au bord de sa fenêtre, elle imagine les familles qui se démantèlent, s'empoisonnent, se détruisent. Le même scénario se joue et se rejoue encore. Comme si elle tentait de vérifier quelque chose, de mieux voir le fleuve qui l'emporte elle aussi.

La maison de son père avait beau se trouver à quelques minutes à pied, Anna n'y allait jamais. L'idée de sonner à la porte ne l'aurait pas effleurée. Quand elle repense aujourd'hui à Anne dont le prénom ressemble si étrangement au sien, elle se demande si elle ne voyait pas en transparence chez son amie la maison de son père. C'était peut-être là, plutôt, qu'elle aurait aimé voir le sang couler, discrètement. Comme au labo d'analyses, quand on ne détourne pas le regard et qu'on le voit jaillir et monter doucement dans le tube. Aujourd'hui, à chaque prélèvement, Anna regarde avec curiosité le liquide épais, rouge cerise, qui mousse un peu parfois. Elle a l'impression de pouvoir voir au travers de sa peau, que son bras et son corps se vitrifient soudain.

Adulte, Anna appuierait sur la sonnette de la maison de son père. Elle franchirait la porte. Et elle verrait à quel point, étrangement, cette maison était identique à celle de son amie d'enfance. En moins blanc, moins riche, moins lumineux peut-être. Dans les années 80, des centaines de maisons de ville avaient été construites sur le même schéma, à l'emplacement d'anciens quartiers ouvriers. Le perron, le vestibule, l'escalier, le salon, la cuisine, les chambres à l'étage, le balcon sur le jardin, tout y était agencé de la même manière. Et c'est comme si, lorsqu'elle observait petite la maison d'Anne et de sa famille, quelque chose en elle y avait reconnu la maison de son père.

Certains soirs, il arrivait qu'il l'appelle. Aussitôt qu'Anna décrochait, il lui disait : « Écoute. » Il collait le combiné contre le poste de radio près de son lit, et ils restaient comme ça, tous les deux, de chaque côté du téléphone. Anna écoutait la musique et le silence, à l'autre bout du fil. Elle essayait de se représenter son père couché dans son lit, appliquant le combiné contre les haut-parleurs. Elle ne savait pas si la chanson avait de l'importance. On aurait dit qu'il lançait sa sonde quelque part, qu'il auscultait la musique. Des années plus tard, Anna avait aperçu dans sa chambre le poste de radio. Il était d'une taille gigantesque, un ogre, sans doute le transistor le plus énorme que son père avait pu trouver. Muni de deux grands vantaux qui s'ouvraient et se refermaient autour de la station de commande, il faisait déplié près d'un mètre de long. Anna pense à ces gros émetteurs-récepteurs que les bataillons de l'armée française trimballaient dans les montagnes quand ils partaient en opération. Avec la cigarette et l'alcool, la radio avait été, au début de la guerre d'indépendance, l'une des premières choses interdites par le FLN aux populations qu'il contrôlait. Continuer à l'écouter était devenu un signe de protestation politique et de pacte avec l'ennemi. Dans la taille ostentatoire du poste qui trônait dans la chambre de son père, Anna ne peut s'empêcher de voir une provocation secrète qu'il envoyait encore, des décennies plus tard, au moment du coucher, de l'autre côté de la Méditerranée.

C'est à la radio, en 60 ou 61 peut-être, en Algérie, qu'il avait dû l'entendre pour la première fois. Déliée et bondissante, la voix se coulait entre deux rafales dans les ondes interdites : « Comme c'est bon de voir ton corps / Qui se balance devant moi ! / Ta taille souple qui ondule / Me met dans tous mes états. » Le chanteur avait 17 ou 18 ans, c'était un *teenager*, un tout jeune homme, comme lui. Et, comme lui, il avait soif de filles, de danse, de chahut. De hanches et de samedis soir, de vacances et de bandes de copains. Dans leur simplicité désarmante, les amours animales et rythmées des yé-yé parlaient à la jeunesse rescapée de la guerre. Entre deux torsions du bassin, le jeune Johnny Hallyday blanc et blond hélait les « enfants des coins noirs » et tous les « délivrés », leur promettant de belles bagarres qui « soignent » et qui ne saignent pas. À son arrivée en France, les errances du père d'Anna, de foyers en bistros, de poids lourds en petits boulots, s'étaient entrelacées à cette musique pleine de légèretés voraces, de douceurs qui démangent. Il avait dormi dehors, travaillé comme routier, serveur, déménageur. Il était passé de ville en ville. Pris entre l'élan et le deuil, le colon et le colonisé, le pain et le caniveau, tout son être était torsion. Le twist y était monté comme un nerf.

Et le jeune chanteur Johnny était devenu progressivement, pour ceux qui rencontraient le père d'Anna, son double. Sa carte de visite. Un personnage-vitrine qui avalerait lentement son prénom et son nom algériens, en effacerait la trace, hissant au-dessus de lui, comme sur la photo au T-shirt, une autre tête plus souriante. Dans cette France qui sortait hagarde de ce qu'elle appelait encore « les événements d'Algérie », le père d'Anna avait fait partie de tous ceux qui, voulant oublier que, en « 60/62 – comme le chanterait Eddy Mitchell –, y avait pas que des rockeurs », s'étaient engouffrés dans les années yé-yé. Pour redorer son image, l'armée française elle-même avait surfé sur la vague avec un film, *Sergent Smet*, tourné lors du service militaire de Johnny en 1964.

En Algérie aussi, les jeunes lycéens essorés par la guerre fredonnaient les airs du chanteur, imitant sa gestuelle et sa coupe de cheveux. Lorsque Anna pensait à eux ou aux silhouettes furtives de son père et de son frère lancées sur les routes de France, elle se rappelait ces épidémies dansantes qui surgissaient parfois au lendemain d'hécatombes, comme en 1518, dans Strasbourg submergée par la peste. À quelles secousses de mort venait s'entremêler, dans leurs jeunes corps, le twist de Johnny ? Y avait-il au fond de ces torsades ce dont parle Frantz Fanon, cet étrange désir de devenir ce qui nous a détruit ?

Le père d'Anna, pour dire vrai, n'avait rien d'un rockeur. C'était un brun aux yeux noirs, pas très grand, discret. Anna s'expliquait mal que son goût pour Johnny – somme toute assez banal – ait pu justifier à lui seul qu'on lui donne ce surnom. Si on avait dû rebaptiser « Johnny » tous les adeptes du chanteur et de la vague yé-yé, on ne s'en serait pas sorti.

C'était peut-être plutôt cette torsade claire-obscure – entre le personnage de son père et l'idole Hallyday, entre la guerre d'Algérie et les années yé-yé – qui avait fini par créer, pour les commerçants de la ville, un signe distinctif. Et puis, plus que des idoles, les yé-yé étaient avant tout, comme le disait Edgar Morin, une histoire de « copains ». Et ça, le père d'Anna en était un, d'une façon désinvolte, rieuse, dans l'air du temps, qui rendait des services et plaisantait sans trop poser de questions.

Les 7 et 8 janvier 1967, à l'invitation du Musée national de la Révolution, Johnny Hallyday s'était rendu au cinéma Le Majestic d'Alger pour son tout premier concert dans le pays. Il avait terminé le spectacle avec une chanson, « Noir c'est noir » : « Ça vaut le coup », avait-il clamé dans la salle enfumée, « de sauver notre amour ». Après ce concert, il n'était jamais retourné en Algérie. Cinquante ans plus tard, au moment de son décès, des journaux de la presse algérienne avaient exhumé le souvenir de cette soirée. Sur Internet, leurs pages étaient devenues un terrain d'affrontement, une scène où la mémoire de la guerre et de l'occupation française était revenue s'agiter sous les traits du chanteur. On concédait être allé au spectacle mais on rappelait avec une pointe de délectation que Johnny à l'issue de la soirée s'était fait piquer sa guitare. Le public, pas entièrement reconquis, n'avait pas laissé repartir l'enfant de colons indemne.

Au printemps de la même année, le père d'Anna, en veste de velours et pantalon pattes d'eph, avait rencontré dans un bal de village une jeune Française. Fille du tuffeau, Yvette avait grandi dans un troglo de Touraine. Rouée de coups par son père, forcée à 14 ans de quitter l'école pour gagner son pain, elle en avait gardé une haine féroce envers tous les Français. Si elle prenait un homme, il serait étranger. Étranger par sa peau, sa langue, ses manières. Extraterrestre, presque, pour pouvoir la toucher. Quand le père d'Anna l'avait courtisée, Yvette s'était jetée dans ses bras. Dans ces années qui suivaient de peu la guerre d'Algérie, ses parents disaient à qui voulait l'entendre leur dégoût des Arabes. Yvette cherchait avant tout à plier valise, devenir indépendante, fonder son propre foyer. Mais si elle pouvait en même temps faire la nique à ses parents, c'était inespéré. L'ultimatum de son père et ses « je veux pas de ça chez moi » n'avaient rien pu y faire. Elle avait déjà filé. Un an plus tard, en 1968, Yvette et celui que tout le monde, à partir de là, appellerait « Johnny » accueillaient leur premier enfant.

Entre les deux endroits où il passait ses nuits, il n'y avait pas de suture. Pas de récit. Il y avait la ville, les bâtiments, les rues. Pas de mots. L'espace. Pourtant, il y avait une histoire – qu'Anna se ferait raconter plus tard, plusieurs fois, qui resterait bancale. C'était celle d'une Française, la Française aux cheveux longs, quelque part au début des années 80. Elle vivait dans les livres, écrivait sa maîtrise, mangeait des pâtes toute la semaine pour se payer le cinéma. Quand elle se sentait trop seule, certains soirs, elle allait au café. Elle s'asseyait à une table avec tous ses bouquins. Il fallait qu'il y ait du monde et du bruit autour d'elle. À l'Univers, quand elle avait croisé pour la première fois le père d'Anna, c'est son copain qui l'avait intéressée. Ils s'étaient mis à parler de l'imprimerie en Touraine au XVIe siècle. Lassé, le père d'Anna avait quitté la table et rejoint sa maison.

Il avait recroisé la Française plusieurs fois avant qu'elle accepte d'aller boire un verre avec lui, marcher le long de la Loire. Quelques années après, l'ami qui avait retardé leur rencontre à l'Univers assassinerait sa femme. La Française aurait froid dans le dos en entendant le père d'Anna lui raconter l'histoire. Après l'Univers, lui aussi entreprendrait pourtant, à sa manière, de tuer sa propre femme. Il nierait d'abord l'existence d'Yvette, puis lui inventerait une longue maladie qui la consumait, disait-il, à petit feu.

À cette époque, les couples mixtes concernaient surtout les Algériens de catégories aisées. Les notables, les diplômés d'avant l'indépendance. Ceux qui, rescapés de l'indigénat et de son code digne de l'Ancien Régime, étaient non pas des « sujets » mais de vrais citoyens. Chez les travailleurs pauvres qui, comme le père d'Anna, étaient arrivés en France analphabètes, sans ressources, sans formation, la mixité était beaucoup plus rare. Née en 1958, au cœur de ce qu'on désignait toujours comme « les événements d'Algérie », la mère d'Anna était trop petite pour se souvenir de quoi que ce soit. Lycéenne, comme beaucoup de jeunes filles elle avait lu *Élise ou la Vraie Vie*, l'histoire d'amour tragique d'un Algérien et d'une Française travaillant en usine, à Paris, pendant la guerre d'Algérie. Elle l'avait parcourue comme elle parcourait n'importe quel roman, lisant d'abord la fin, puis en biais, à rebours, sans se projeter ni imaginer que sa vie y ferait un jour écho.

Pendant ses études, la Française ne s'était pas construit d'avis ni de discours sur la guerre, la colonisation. En fac d'histoire, elle fuyait tout ce qui avait trait à la période contemporaine. Suffisamment douée dans les autres matières, elle avait séché le cours obligatoire sur la France coloniale. Chez les étudiants comme chez les gouvernants prévalait, semblait-il, une même logique secrète : le régime d'exception que la France appliquait dans ses colonies, y pratiquant en toute impunité ce contre quoi elle luttait par ailleurs, pénétrait le tissu des vies, se transposant à dose moléculaire dans les arbitrages des jeunes et leurs choix de cours.

Des années après, assise près de l'insert dans sa petite maison à la campagne, la mère d'Anna lui raconterait. Pendant quelque temps, elle avait hésité. Qu'un immigré algérien, laveur de carreaux, eût été le seul à vouloir d'elle la dépitait. Elle avait eu honte – de ne pas pouvoir prétendre à autre chose, de choisir par défaut. Comme si elle n'était pas assez bien, elle, la Française aux cheveux longs, avec ses pulls sages, ses lunettes et ses airs timides, pour intéresser les autres. Ce jour-là, devant la cheminée, c'est la première fois qu'Anna l'apercevait, ce noyau de violence dure, discrète, d'où tout était parti. Elle regardait la vitre opaque de l'insert que sa mère chaque matin astiquait au réveil. De son lit, elle entendait le chiffon qui couinait sur le carreau en effaçant la suie, ça faisait de petits bruits aigus, désagréables. Puis le feu éclatait, elle sentait sa chaleur enfler et se mettre à vrombir.

Anna comprend maintenant ce que son père et sa mère partageaient, ce qui les avait subitement rapprochés, enveloppés l'un dans l'autre. Leur silence. Celui qui s'installe non pas lorsque l'on n'a rien à dire, mais lorsque l'on écoute. Elle revoit tous ces moments aux côtés de sa mère arrêtée sur le trottoir, quand de vagues connaissances lui racontaient leur vie. La Française attirait les bavards. Des différents hommes qu'elle fréquenterait durant sa vie, le père d'Anna était le seul taiseux. Lui aussi passait ses journées à écouter les histoires de ses clients, la rumeur du trafic, tous les signes du verre qui tintaient devant ses yeux. « *Listen to your eyes* », disait un néon trônant en haut de l'avenue.

Anna savait que sa mère était tombée amoureuse. La peur de la déchéance, la honte s'étaient résorbées. Elles avaient continué de voyager sous terre, perçant un peu plus loin. Le grand-père d'Anna était un autodidacte. Fils de paysans boulangers d'un petit coin de la Sarthe, il s'était hissé à force de lectures dans le personnel du paquebot *Normandie* qui l'avait promené de par le vaste monde. Il vénérait les études, la France de l'égalité des chances et de la méritocratie. Lorsqu'il avait appris que sa fille si brillante se retrouvait enceinte d'un Algérien illettré et laveur de carreaux, il ne lui avait plus parlé pendant plus d'une année. Dès le ventre de sa mère et son milieu sonore, Anna avait grandi à l'écart des accents masculins. Quand elle était née, plusieurs mois s'étaient écoulés avant que son grand-père accepte de la rencontrer. Anna se demande si ce n'était pas ça dont son père se protégeait lorsqu'il s'enfuyait, lancé en mobylette ou à l'assaut des vitres, perché sur ses échelles : cette honte secrète que ses proches avaient de lui.

Dans cette double vie, elle le sait, il n'était ni d'un côté ni de l'autre. Il était l'interface, le pli. Il souriait. Quand on lui faisait des reproches, quand on le questionnait. Quand on lui demandait de se prononcer, qu'on lui faisait des discours. C'était sa façon de rester mutique, ce sourire. La forme particulière que prenait sa bouche lorsqu'elle faisait silence. Baloul, « le rieur », c'était son nom. Sa parade. L'alibi perpétuel donné par sa naissance. Sa réponse à toutes les questions.

Colonisés, traqués par une armée cherchant à triompher par la dévastation, les habitants d'Algérie avaient vécu plus d'un siècle dans un monde fracturé. En 1954, celui-ci s'était à nouveau retrouvé déchiré par la guerre, les luttes fratricides entre indépendantistes, puis les purges et les massacres de la décennie noire. Certains avaient continué de vivre dans l'exil une vie tiraillée, comme l'écrit le sociologue Abdelmalek Sayad, par une « double absence ». Une partie d'entre eux avait mené plus loin la série des scissions intestines. Dans l'intime, dans la chair, ils s'étaient dédoublés encore. Entre plusieurs foyers, plusieurs femmes, plusieurs vies. Anna repense à la photo de son père, seul dans le désert avec sa double tête. Sur le T-shirt, le visage est délavé, fripé. Que lui restait-il, à elle, dans ce jeu de dilutions successives ? La chaîne se poursuivait-elle sinueuse au sein de sa propre vie ? Était-elle l'un des spectres fatigués du monde de son père ?

Près de chez Anna, au printemps, des touffes d'herbe aquatique envahissent la Loire. Peignées par le courant, elles ondulent sur plusieurs mètres comme les chevelures de corps enfouis dans le sable. Elles retiennent les mousses, les brindilles, la neige des peupliers qui inonde les quais, captant dans leurs filets les mille choses précaires qui dévalent le fleuve, offrant une vision précipitée de son monde. Peu à peu, les herbes se couvrent de minuscules fleurs à tige qui crèvent la surface. Fines et droites, elles défient le fleuve et sa force, oscillant à quelques centimètres de l'eau comme au-dessus d'un sol liquide et transparent.

Pendant longtemps, Anna avait cru que rien ne bougerait. Que les corps en dessous resteraient enfouis dans le sable. Que les rambardes fragiles tiendraient contre le courant. Quelque chose pourtant s'était enclenché dont on ne pouvait plus arrêter la course. La vie d'Anna était un boomerang. Un jour, elle inverserait son trajet, reviendrait s'écraser à son point d'origine. Même s'il lui était impossible de savoir quand et comment cela se produirait.

Transparentes, les vitres produisent des images. Montrent ce que l'on attend d'elles. À certains moments, ces vitres sages pourtant se décomposent. Elles s'ouvrent, permettant à des reflets, signes, silhouettes d'apparaître. Comme un barrage se rompt, soudain elles se remplissent. Leur épaisseur, leurs saletés, les jeux de la lumière ou de l'eau à leur surface sont leurs visages sauvages. Elles les révèlent parfois aux humains quand ils ont ce qu'il faut de brèche dans le regard. Comme les gargouilles des cathédrales, ces visages attirent et font peur à la fois.

Anna se souvient de ces miroirs discrets qu'elle trouvait adolescente dans les fenêtres et les portes vitrées, surtout quand quelque chose d'obscur se tenait par-derrière. Une pièce, des murs, des meubles dans la pénombre. Le reflet était d'autant plus net que l'arrière était sombre. Elle se rappelle les vitres noires qu'elle et ses amies collectionnaient dans le collège, allant parfois jusqu'à en confectionner elles-mêmes. L'une d'elles prenait un vêtement foncé et, le tendant derrière une porte entrouverte, transformait d'un coup la vitre en une glace pour se voir. Anna ne sait pas si c'est la raison pour laquelle à l'époque elle s'habillait tout en noir. Elle ressent à nouveau la sensation d'asphyxie qu'elle éprouvait adolescente à fouiller les miroirs, comme si chaque reflet était un puits où elle tombait, chaque fois un petit peu plus. Elle se demande si son père voyait ces vitres noires – et s'il lui arrivait, parfois, d'y chuter lui aussi.

En arpentant l'avenue où il travaillait, elle a remarqué ces fleurs étranges que font les impacts sur les vitrines. Autour de l'éclat, le verre se renfle et s'efflore en pétales blancs bordés de noir. Anna ne connaît pas l'explication physique de ces lamelles sombres, mais elles la ramènent aux vitres obscures de son enfance. Elle a l'impression de voir soudain le noir dans les vitres, tout ce noir qu'elles cachent et qui leur coule au-dedans. Elle aime l'idée que le verre ait cette encre à l'intérieur qui lui permet, chassant la transparence, de faire voir et se mettre à parler.

Y a-t-il dans ces fleurs sur les carreaux quelque chose de ce qu'elle voudrait savoir, un peu de cette obscurité qu'elle ressent de toutes parts sans pouvoir la nommer ? Pendant quarante ans, son père a lavé, récuré, astiqué ces vitres, à tel point qu'elles sont devenues comme son corps étendu. Pour Anna, la moindre aspérité, éraflure à leur surface, est un petit bout de geste, une signature tombée de lui sans qu'il s'en aperçoive qu'elle voudrait arroser, nourrir, voir pousser.

Anna sait que, pendant une guerre, les vitres sont denrées rares. Ce sont elles souvent qui tombent les premières, soufflées par une explosion, cassées pour le passage des assaillants, brisées par les colères, parfois même avant le départ des soldats. En 1955, à Auxerre, un bataillon d'appelés apprenant qu'ils partaient pour l'Algérie avaient démoli toutes les vitres de leur base avec les fusils qu'on venait de leur distribuer. Vulnérables, elles peuvent devenir dangereuses, se transformant, lors d'une déflagration, en nuées de lames qui tailladent les chairs. Quelque chose en elles, pour Anna, est aussi en contradiction avec le théâtre de la guerre, avec sa scénographie cruelle en rideaux et cachettes. À l'inverse des camions bâchés et de tous ces dispositifs martiaux qui couvrent et dissimulent, les vitres sont ces yeux insupportables qui restent toujours ouverts. Une femme algéroise torturée dans une salle de classe pendant la bataille d'Alger raconte dans son témoignage comment sont apparus soudain, dans le brouillard de son supplice, « des visages de paras collés aux vitres de la porte ». Plantée devant les petits éclats blanc et noir sur l'avenue, Anna se demande quelles faces venaient parfois chez son père flotter contre les vitres, de quelle douleur leur transparence devenait alors complice.

En 1963, dans une lettre anonyme, des membres du régiment d'artillerie du fort du Trou d'Enfer interpellent la société de BTP Lefèvre et Cie où travaillent un certain nombre d'ouvriers algériens : « Vous savez que le FLN en Algérie a fait saigner à mort des civils pour utiliser leur sang dans des transfusions ? » Les auteurs de la lettre promettent, « sur les buttes arrosées de sang » de leurs martyrs, des représailles sans pitié si l'entreprise ne renvoie pas séance tenante ces « vampires fellaghas » qui aspirent les forces de la Nation.

Employé d'abord par des brasseries, des sociétés de transport ou des entreprises du bâtiment, le père d'Anna s'en était éloigné progressivement, finissant par choisir un petit métier de rue. Il fallait rester furtif, indépendant, mobile. Ce n'était plus l'Algérie, mais l'ombre rôdait toujours. Il fallait naviguer, circuler dans les plis. Ne pas être salarié, attaché à un poste visible et recensé. Il avait monté son affaire d'artisan constamment sur le départ, travaillant dans l'urgence et très souvent au black.

Anna a toujours été intriguée par les métiers de rue et « gagne-petit » d'autrefois : les vidangeurs, verrotiers, oiseleurs, fontainiers. Les leveurs, les jougtiers, les tourailleurs. Elle aime la façon dont ils se construisaient autour de gestes, d'objets du quotidien. Ces figures lui montrent tout d'un coup des visages enfouis sous les machines, des personnages qu'elles ont recouverts et qui peut-être subsistent encore quelque part, dans les tuyaux et les rouages, sous forme d'infimes traces lumineuses, de minuscules fées Clochette. Dans l'encyclopédie des métiers et coutumes, Anna exhume les chaîniers, les galetiers, les vigniers. Les javeliers, les buandiers, les gaufriers. Tous ces noms qui ressemblent à des noms d'appareils ménagers ont aussi été ceux de personnages vivants et animés.

Le dictionnaire des métiers oubliés ne dit rien des laveurs de carreaux. Peut-être parce qu'il en existe encore, qu'ils sont parmi les rares à avoir résisté. La mécanisation les a moins touchés que les autres. La fragilité des vitres, la finesse pugnace des traces les ont protégés. Pour dialoguer avec le verre, manier les reflets, jauger la transparence, il faut toujours des humains. L'encyclopédie d'Anna mentionne par contre les lavandières. Son arrière-grand-mère, côté français, a exercé ce métier. Lorsqu'elles vont marcher, Anna et sa mère passent parfois devant des lavoirs. C'est là que les lavandières se rassemblaient autrefois. Leurs gestes, leurs corps semblent encore présents en transparence dans les constructions. Perchés au-dessus de l'eau, sombres et creux, ce sont maintenant des lieux privés de noyau, comme suspendus autour d'un vide.

Anna éprouve de l'attachement pour ces métiers à la sauvette qui ont fini par disparaître des campagnes, des rues, des bords de rivière, laissant derrière eux une hécatombe d'outils, de mots et de costumes. Sur l'avenue de verre, un nombre inquiétant de boutiques mettent la clef sous la porte. Maintenant qu'il est de plus en plus désuet d'avoir pignon sur rue, qu'aurait fait le père d'Anna s'il avait débarqué, jeune et fraîchement exilé, dans le monde d'aujourd'hui ? Aurait-il encore choisi d'être laveur de vitres ? Serait-il devenu plutôt vendeur sur les marchés, sondeur, flasheur en free-lance de voitures mal garées, livreur ubérisé ? Aurait-il comme hier cherché l'anonymat, le mouvement perpétuel, la vie en pointillés ?

Quand elle était petite, Anna avait appris l'histoire d'Ulysse échappant par la ruse au cyclope Polyphème. Ayant crevé l'œil de son gardien, le héros, qui a prétendu s'appeler « Personne », ne peut être identifié par les autres cyclopes : il réussit à sauver sa peau. En renommant les villages, les familles, les tribus, en expropriant et regroupant dans des camps des millions de ruraux, l'administration française en Algérie avait recherché de manière active la destruction des liens sociaux, s'efforçant de former une population atomisée, docile, anonyme. La disparition de ces tissus d'appartenance avait formé le socle des guerres civiles à venir. Pour l'écrivain Mohammed Dib, la France avait transformé les habitants d'Algérie en « fils de personne ». Ouverts à tous les vents, ils l'étaient aussi au meurtre et au massacre, car incapables d'être frères, sœurs, amis, parents.

Mais la guerre n'avait-elle pas aussi, se demande Anna, contribué à forger en chaque Algérien cet idéal de fugacité, de transparence, qu'Ulysse, en se rebaptisant « Personne », avait inauguré ? Le chaos colonial n'avait pas, comme l'avaient clamé longtemps l'OAS et les autorités, fait de tous les Algériens des meurtriers en puissance. Il les avait surtout transformés en maîtres de l'escamotage. Retournant le stigmate, ils avaient fait de la capacité à repérer les cyclopes et à se camoufler une force de survie.

Pour échapper au danger, comme tant de gens avant lui, le père d'Anna avait appris sur l'avenue de verre à devenir personne. Le cristallin aveugle dont il était le gardien le regardait passer, tous les jours, en silence. Entre Anna et son père, il n'y avait pas d'abandon. Pas d'échelle non plus. Mais un grand cyclope, vorace et blessé, trébuchant dans le noir.

Toute sa vie, le peintre Kim Tschang-Yeul a peint des gouttes d'eau. Bombées, brillantes, ses gouttes couvrent la toile. Tschang-Yeul colle le nez dessus. Puis il lève son pinceau. Il n'efface pas les traces atmosphériques qui constellent les surfaces, il les repeint en plus beau, plus rond, plus pur. Il les fige.

Quand Anna découvre son travail, Tschang-Yeul devient pour elle une sorte de reflet inversé de son père. Un frère jumeau, de l'autre côté de la vitre, de la gloire, mais qui a connu lui aussi, dans sa Corée natale, les guerres coloniales et les trames du trauma. Comme celle du père d'Anna, sa vie entière se mire dans ce que Frantz Fanon appelle « la mort atmosphérique » : la destruction renvoyée dans les moindres particules du réel. L'existence rivée au carreau, en suspens, nez collé à des traces. La conviction par millions de n'être plus personne, explosés, transparents, de petits atomes de verre qui roulent sur les surfaces. Certains les peignent, d'autres les effacent.

Comme Kim Tschang-Yeul, Anna scrute les gouttes. Les étale, les compare, les soupèse. Elle revient souvent au surnom de son père, Johnny. Il y a là-dedans quelque chose de moléculaire, d'atmosphérique justement, qui flotte dans l'air du temps. Anna ne connaît rien de Johnny Hallyday. Lorsqu'elle parcourt le répertoire du chanteur, errant parmi les noms et les paroles des plus de mille morceaux, cent soixante singles, cinquante albums studio, le titre glisse d'abord dans les failles. Son amie Sarah, fille d'un fan de Johnny, en fait mention un jour. « Fils de personne ». La chanson sortie en 1971 a fait l'ouverture de chacun des concerts du chanteur pendant plusieurs années.

Artiste de cabaret, Léon Smet excellait dans l'art d'apparaître et de disparaître. À sa naissance, Johnny Hallyday avait porté le nom de sa mère. Son père, qui ne l'avait pas reconnu, était revenu au bout de quelques mois, le temps d'un mariage et d'une reconnaissance de paternité. Puis il s'était à nouveau volatilisé. C'était l'hiver 1944. Au moment où, dans les Aurès, le père d'Anna naissait, Jean-Philippe Smet âgé d'un an et demi avait déjà porté deux noms de famille. Tous seraient pour lui, désormais, légèrement vacillants. Il y aurait « Hallyday », plus tard, et enfin celui-ci, « Personne », qui brillerait comme un autre pseudonyme, un autre ascendant juché tout là-haut dans le titre de la chanson.

De 1971 à 1974, Johnny enchaînait systématiquement le morceau avec un autre titre, « Je suis né dans la rue ». Quand résonnait le premier couplet, « Je m'appelle Jean-Philippe Smet / Je suis né à Paris / Vous me connaissez mieux / Sous le nom de Johnny / Un soir de juin en 1943 / Je suis né dans la rue », l'assistance prise de hurlements se soulevait d'un coup. Ces quelques mots suffisaient pour qu'elle perde la tête. L'ancien enfant livré à lui-même revenait sur le devant de la scène. Le public le vengeait.

Né un an et demi seulement après Johnny, le père d'Anna s'était aussi trouvé très jeune sans figure paternelle. À son arrivée en France, il était encore adolescent, sa mère vivait loin, son père était mort. Comme il l'avait une fois raconté à Anna, il avait dû passer plusieurs semaines dans la rue. Puis il était allé de petit boulot en petit boulot, avant de faire les carreaux à son compte, à vélo d'abord, à mobylette ensuite, jusqu'à pouvoir embaucher plusieurs employés. Sans l'aide de quiconque, à la force des poignets. Était-ce donc cela qui, plus qu'une admiration candide, le liait à Johnny ? Venait-il de là, ce pseudo de fils de personne qu'il avait ensuite porté, tout comme son béret rouge, avec ostentation, fierté ? Assez pour vouloir le transmettre, pour décider que ce serait ça, son legs : apprendre à Anna et à son frère à porter avec lui des bouts de ce costume. Leur inoculer cette sensation – la meilleure des drogues, de l'adrénaline pure – de se construire à la dérive, seul dans l'espace. Qu'ils profitent, oui, de ce qui avait fait de lui l'homme qu'il était.

Alors il avait fait un trou dans sa vie, à cinq cents mètres de chez lui, et il les avait installés dedans, bien au chaud, avec de l'argent pour la maison, les vêtements, les études. Quand elle était petite, il l'avait dit à Anna : si elle travaillait bien à l'école, il lui achèterait une boulangerie. Elle revoit encore la façade de celle qu'il y avait à l'époque près de chez eux. Lorsqu'elle poussait la porte, elle entrait dans la lumière dorée et l'odeur du pain chaud. L'hiver, de l'autre côté de l'avenue, elle regardait la boutique comme le cœur en fusion d'une étoile très lointaine. Un monde tout entier fait de mie où elle pourrait se nicher, se nourrir, s'endormir.

La mobylette avec ses échelles s'éloigne vers le bout de la rue. Sur le trottoir, devant sa porte, Anna écoute la clameur d'un karaoké qui s'échappe de la fenêtre de sa chambre. Deux de ses amies s'époumonent au micro. « *This is the rhythm of the night, of the night, oh yeah, the rhythm of the night.* » Un an plus tôt, les parents d'Anna ont décidé de se séparer. Une histoire de mauvaises fréquentations a mis le feu aux poudres. Son père lui a interdit de revoir Marie-Laure, l'amie un peu trop libre, bruyante, dévergondée. En vacances perpétuelles. Délaissée par sa mère, elle organise chez elle des sessions films d'horreur et roulages de pelles où vient parfois le fils de la gérante du sex-shop d'à côté.

Depuis son arrivée de Guyane, l'adolescente à la peau foncée, au nez épaté, au rire tonitruant, était devenue au collège la bête noire des parents. Le père d'Anna voyait tout ça de loin, mais il ne supportait pas Marie-Laure. Son milieu malfamé, disait-il, son caractère dissipé déteindraient sur Anna. Comme l'Algérie, la Guyane était une vieille colonie pénitentiaire. C'était un ancien bagne où avaient conflué les damnés de métropole. Le père d'Anna montrait les dents. Il refusait de laisser son monde devenir à nouveau perméable aux voyous, aux brigands. La Française avait pris le parti de la jeune fille. Lui avait tenu bon. Il avait sorti de sa poche le trousseau où cliquetaient les unes contre les autres les clefs de ses deux maisons. Il avait détaché celles de la porte d'entrée, les avait déposées sur la table de la cuisine, et il était parti.

Ce jour-là, ce n'est pas pour raccommoder les morceaux qu'il a fait irruption. Depuis quelque temps, la Française s'est trouvé un nouveau compagnon. Un Québécois grand et fort, arrivé lui aussi de l'autre côté de la mer. Quand il en a eu vent, le père d'Anna est venu sonner à la porte. Il a prié sa fille de descendre, et il lui a annoncé. Elle et son frère ne sont plus ses enfants. Et lui n'est plus leur père. C'est le conseil de famille, là-bas, en Algérie, au bout du téléphone, qui a décidé cela.

Au-dessus d'Anna, la chaîne hi-fi embraie sur une chanson nouvelle. « *Yo, I'll tell you what I want, what I really, really want, / So tell me what you want, what you really really want.* » Anna garde l'impression d'une mise en scène, d'une petite chanson que son père a fredonnée devant elle, posant sa voix, son souffle, sur des mots qu'il n'avait pas écrits. C'est la première fois que quelqu'un lui parle depuis l'autre côté de la mer. La première fois que la vitre se brise. « *You gotta slam, slam, slam, slam ! / Slam your body down and wind it all around.* » Ça doit signifier quelque chose, « *kara-oke* », en japonais. Tout autour d'Anna, sur le trottoir, il y a les mots que la lignée algérienne a projetés, par la bouche de son père, jusque sur son visage. Elle ne sait pas si cela augmente ou allège la douleur, de ne pas trop bien savoir d'où elle vient, qui l'envoie. Orchestration du vide. « *Kara-oke* », c'est ça que ça veut dire. Ce qui vient de s'échapper du visage de son père n'est pas vraiment une malédiction. C'est une gomme, le néant jeté en lettres sonores au travers de la rue.

Anna se dit parfois que cette faille est un non-événement. Une parenthèse, une hallucination. Qu'est-ce que ça signifiait, au juste, qu'il n'était plus leur père ? Depuis longtemps il avait renoncé à leur donner son nom et sa maison, son histoire et son temps. Que lui restait-il à sevrer, à détacher encore ? De petites choses microscopiques sans doute, et brillantes, comme des symboles, qu'Anna entrevoit au moment de les perdre. Ces signes de la tête, sur l'avenue. Ces incursions rapides le soir à la maison. Ces « mon petit canard » et ces « Anna », clamés haut et fort, le « a » projeté loin devant lui comme une flèche. Il n'y aurait plus ça, mais il y aurait toujours sa présence diffuse au travers de la ville. Les vitres étincelantes, la silhouette en terrasse à regarder au loin. Ce père atmosphérique qui n'était pas soluble et qu'elle ne pouvait pas renier.

Quelques mois plus tard, Anna était partie en colonie de vacances. En pleine forêt des Landes, son groupe était tombé sur un mannequin, un facteur à vélo juché en haut d'un arbre. On avait demandé aux enfants de la colo de raconter son histoire. Pour Anna, ce petit homme là-haut épinglé sur le ciel s'était arrêté un jour, juste à cet endroit-là. Fatigué de ses voyages, il s'était appuyé contre un tronc, puis s'était endormi, si longtemps et si fort que l'arbre avait poussé lentement en dessous de lui. Jour après jour, il avait hissé son corps avec toutes ses sacoches, son matos, sa bécane, au bout de son très grand mât. Et c'était comme un monument au facteur suspendu en plein vol, un hommage à sa silhouette discrète et ailée de colporteur que l'on voyait au loin sillonner la contrée. Peut-être que tous les arbres poussaient à l'emplacement de vies comme celle-ci, de voyageurs qu'ils élevaient avec eux et qui finissaient par disparaître, emportés dans les cimes. Peut-être que les troncs étaient tous des échasses et qu'on trouvait en haut des tas de personnages, figés dans le sommeil.

Ça avait commencé peu de temps après le facteur à vélo, la colonie de vacances. De petites poussières s'étaient mises à bloquer certains gestes d'Anna, certaines de ses pensées, des mots qu'elle écrivait en faisant ses devoirs. Certains instants, aussi, au moment où ils prenaient forme dans sa tête. Anna s'obligeait à répéter des formules, elle rejouait la scène ou le mouvement plusieurs fois, jusqu'à ce que la gêne disparaisse. Comme pour les corriger, éviter de se retrouver figée, bloquée par les poussières, tout là-haut elle aussi. En classe de cinquième, pour le cours d'histoire-géo, Anna avait choisi comme thème de son dossier annuel le désert qui progresse. Les dunes inarrêtables, en Afrique, qui grimpaient vers le nord sous les effets croissants du changement climatique. En page de couverture, elle avait collé un bout de Sahara éclatant, tendu comme un drapeau sur un fond de ciel bleu.

Il y avait aussi ces cauchemars, récurrents, qui dureraient toute sa vie, d'un corps aux muscles entravés, entouré de bagages qu'elle n'arrivait pas à rassembler ni à transporter car le sol, sous ses pieds, s'effritait comme du sable. Au bout de quelque temps, les poussières avaient débordé ses rêveries nocturnes ou éveillées. Elles étaient entrées dans son corps, empêchant

Anna de manger, de grandir, de saigner tous les mois, comme les filles de son âge. C'était comme si une moitié d'elle et de sa chair avait voulu s'absenter, s'effacer des miroirs. Une grande gomme grattait dans la glace les contours de ses membres, créant plus de poussières qui grippaient la machine. Anna avait toujours ses dents pointues de devant, ses dents de loup. Mais sa faim se transportait ailleurs. Elle dévorait à côté. Essentiellement du papier. Des livres, comme sa mère. Elle savait pourtant qu'on pouvait y tomber, y rester enfermé. Mais son énergie de carnassière demandait à manger.

Son père stoppait parfois sa mobylette à quelques pas de chez eux, sans enlever son casque. L'Algérie ne le saurait pas. Il apportait de la viande au petit frère d'Anna. Le petit garçon était après tout en pleine poussée de croissance. C'était important qu'il mange bien, à cet âge-là. Anna était entrée au lycée mais elle tournait de plus en plus en rond dans la grande ville. Pendant des heures parfois, le samedi matin, elle arpentait l'avenue de verre sous prétexte de s'acheter un pain au chocolat. Elle collait son nez à toutes les boulangeries, comparait. Sa silhouette flottait, précise dans les miroirs, légère dans les vitrines. Le corps d'Anna à 16 ans restait celui d'une enfant. Elle portait souvent la petite robe de toile bleue que sa mère mettait quand elle avait 10 ans. C'est l'âge qu'avait Anna lorsque son père était venu chez elle pour la dernière fois. Quand elle aperçoit, parmi les saletés et les traces, un ou deux cheveux collés en devanture, la pensée la traverse encore que c'est tout ce qu'il reste de passants avalés par la glace, transformés en reflets – comme son corps, autrefois.

Anna aimait cette vie aux aguets, volatile, libre de la pesanteur. Elle n'avait pas de vice. C'était devenu sa drogue. En partant de Tours elle l'avait transportée avec elle, loin, longtemps. Dans le sud de la France, à Moscou, à Paris, à Berlin et à Kiev, en Angleterre aussi. Elle étudiait, voyageait, continuait à chercher des pains au chocolat. Partout où elle allait, elle avait toujours ce même regard sur les bords, comme si quelque chose était prêt encore à surgir des frontières de son champ de vision. Ou comme si, au contraire, un point de ce qui s'étendait stable et tranquille sous ses yeux allait soudain clignoter, et fuir vers les côtés.

Dès la fin du lycée, Anna recevait tous les mois pour ses études de l'argent de son père. Il s'était remis à l'appeler toutes les semaines. Ça non plus, l'Algérie ne le savait pas. Si elle le ratait, c'était elle qui rappelait. Mais son père était joueur, et souvent sur répondeur. Au bout de deux ou trois sonneries, son accent chantant fusait : « Aaaaalllôô ? Eeeehh non, vous êtes bien sur le portable de Johnny. Oh oh oh. » Et la voix enregistrée se prolongeait d'un rire sonore et chaud de Père Noël.

Il pleut. Le tram fend le paysage, taille dans le tourbillon des gouttes. À l'intérieur, Anna est assise sur un strapontin. La baie vitrée devant elle déroule une tranche de pluie. Elle lui donne un visage. Un peu mensonger, déformé peut-être, comme une face qui se colle au carreau d'une fenêtre. Mais un visage quand même. Anna voit le delta d'un fleuve sur un fond de buée floue. Tout plein de canaux blancs et d'ombres qui ruissellent. Sur un autre panneau, un rideau de perles fines, de ceux qui scintillent dans l'oreille quand on les franchit. D'une minute à l'autre, les apparitions sur la vitre s'effacent, se déplacent, se mélangent. Le visage de la pluie change. Anna pense à toutes ces images qui virevoltent de l'autre côté du carreau, certaines s'y écrasent, se laissent prendre, d'autres continuent de tourner, hors d'atteinte. L'eau qui coule purifie, emporte les traces, les impuretés. Elle entraîne le paysage aussi, nettoie la baie de ses contours. Anna revoit le bras de son père qui frotte avec son mouilleur, lui que l'on appelait pour jouer la pluie. Lui qui était en quelque sorte, lorsqu'il s'attaquait aux carreaux, comme une alternative aux nuages, une manière de doublure. Dans les gouttes qui constellent la baie, dans leurs signes mouvants, c'est aussi son visage à lui, un peu, qui se dessine.

Sur les photos de son enfance, son père serre Anna très fort entre ses bras. Il l'enveloppe, la protège. Anna est tout bébé encore. Assise à califourchon sur sa jambe, la tête posée contre son torse, elle rit aux éclats. Penché vers elle, son père la tient pour qu'elle ne tombe pas. À ce moment de l'histoire, il n'y a pas encore de mots entre eux. Pas de noms à donner, de questions à poser. De traces à effacer. Juste des torsades de sons multicolores qu'ils attrapent et relancent. Il n'y a rien à cacher. Autour d'eux, le monde tout entier se tient encore secret. Peu à peu, au fil des photographies, les corps s'éloignent. Les gens pensent que ce sont les enfants, un jour, qui apprennent à parler. Mais les parents aussi, se dit Anna, doivent apprendre avec eux. Certains s'attardent. Ils restent, muets, à la lisière des mots, enfermés dans l'enfance. Sur la photo, son père, les yeux baissés, sourit – dans un calme profond, entouré de sommeil. Comme s'il venait de trouver un socle et se laissait, doucement, tomber au fond de l'eau.

Pourquoi efface-t-on les traces ? Pourquoi cache-t-on l'empreinte de ce qui nous a fait mal, quand on pourrait y ciseler des talismans, des signes, des pièces à conviction ? Parce que l'on se sent sales, honteux ou plus petits ? Parce que l'on veut se protéger, et protéger les autres – comme son père, sur la photo, l'empêche de tomber ? Ou bien, surtout, parce que d'autres ont voulu que les traces s'effacent et que les rares qui restent perdent toute substance ?

Il y a quelque temps, en fouillant des papiers, Anna a découvert l'acte de mariage de ses grands-parents algériens. En dessous de dates et de noms qu'elle ne connaissait pas, dans la rubrique réservée aux annotations en marge, un mot a accroché son regard, écrit sur la page par l'officier de l'état civil en majuscules immenses : « NÉANT ». C'est une convention administrative mais Anna y voit tout à coup de la franchise, une lucidité désarmante éclairant un instant le vernis du langage.

Car de cette union un jour de juin 1934 rien n'est parvenu jusqu'à elle. Pas une syllabe prononcée, pas un gramme de tissu, pas un fragment de coquille d'œuf éclatée à la carabine. Rien d'autre qu'une empreinte de papier et cette déclaration superbe, « NÉANT », qui écrase le couple de tout son poids, lui et sa descendance. Et même si elle en est la contradiction vivante, même si elle incarne la preuve que quelque chose de ce mariage a traversé le néant, Anna sent bien, par la manière dont le mot lui a sauté au visage, combien ce qui pointait en lui était juste, prémonitoire.

« Le registre des survivants ». C'est comme ça que Kateb Yacine appelait l'état civil sous le régime colonial. Les massacres avaient scandé en Algérie le siècle de la conquête. La guerre, pour beaucoup, n'avait jamais cessé. Et ce n'étaient pas que les corps qui tombaient, mais autour d'eux les mémoires et les mondes qu'ils avaient fait grandir. Il y a peu de temps encore, Anna ne savait rien de l'Algérie, de la colonisation ou de la guerre. Ce qu'elle découvre depuis l'aide à comprendre ce couvercle, cette plaque de néant qui a longtemps chez elle recouvert le pays. Dans les livres, les archives, chez les gens qu'elle rencontre, les histoires qu'Anna apprend sont, la plupart du temps, celles d'un effacement. De tribus exterminées, enfumées, égorgées. De terres appropriées, de familles renommées, de vergers arrachés. Mises bout à bout, ces multiples séquences racontent à Anna l'histoire d'un pays retranché, peu à peu, hors de la portée de tous ceux qui y vivent.

Dès le début de la guerre d'indépendance, les commandants de l'armée française avaient repris la technique dite du « poisson dans l'eau ». C'était une tactique importée de la guerre d'Indochine, conçue comme un détournement d'une doctrine maoïste. Pour prendre le poisson, il fallait le sortir de l'eau.

Les officiers français appelaient cela « vider le bocal ». Mettre à genoux les maquisards supposait pour les stratèges d'expulser des campagnes la masse invisible et fuyante de ceux qui les nourrissaient. Le plus simple pour ça était d'évacuer tous les habitants.

Entre 1958 et 1962, plus de trois millions de personnes sont expulsées de leurs villages. Des camps de regroupement entourés de barbelés sont créés et d'immenses « zones interdites » privées de leur population. Les opposants restent seuls à venir buter contre les parois de paysages faussement accessibles. Ces dizaines de milliers d'hectares composent désormais un univers de cristal, fragile et tranchant, dans lequel chaque corps non autorisé, pouvant se faire abattre, évolue à tout instant au bord de l'explosion.

Dans les dossiers qu'elle consulte, Anna remarque que les plans des opérations militaires dans ces *no man's land* sont tous dessinés sur du papier-calque. Aux yeux des militaires, le pays vidé n'était plus qu'une surface vide, translucide et lisse. Point-clef de la guerre, les zones interdites et l'image du bocal servaient de révélateur au monde colonial tout entier. Partout sur le territoire, par différents moyens, les forces françaises avaient concouru à priver la société de son élément, coupant l'accès à ses ressources, détricotant ses tissus d'appartenance, l'enfermant peu à peu dans une immense cage de verre.

Anna n'avait pas soupçonné à quel point, en faisant briller les vitres, son père perpétuait chaque jour la confrontation avec ce palais des glaces qui l'avait vu naître. Elle repense tout à coup à cette vieille dame voilée aperçue l'autre jour dans le tram. La toile imprimée de son caddie était couverte de petits poissons et de bocaux aux couleurs riantes. Anna avait d'abord cru voir les poissons à l'intérieur des aquariums. Puis elle s'était rendu compte qu'ils étaient tous en réalité en dehors, la bouche ou la queue collés contre le verre. Il n'y avait plus qu'un tout petit peu d'eau au fond de chaque bocal. Des flashs de la famine, de l'asphyxie d'un peuple étaient venus se blottir là, sur ce ventre de toile à roulettes, auprès d'une vieille dame en âge d'avoir connu la guerre. À travers la baie, Anna avait aperçu les façades des cités de béton que le rappeur Akhenaton compare à un « étroit bocal ». Ce n'était plus la guerre. Mais sur le caddie de la vieille dame, derrière les vitres du tram, les petits poissons continuaient de scintiller en dehors de l'eau.

Pendant longtemps, Anna n'avait rien cherché du tout. Elle longeait les parois de verre, celles que son père avait emmenées avec lui et disposées sur son chemin. Il y avait des murs invisibles entre elle et l'Algérie, entre hier et aujourd'hui, entre sa maison et une autre, à cinq minutes à pied. Ça ne la dérangeait pas. Elle n'apprendrait pas l'escalade, comme son frère. Elle n'emprunterait pas à son père les échelles fixées à l'arrière de sa mobylette. Elle ne se rendait même pas compte de cette doublure de verre qui tapissait la ville où elle avait grandi.

À 18 ans, Anna était partie. Elle déménageait souvent. D'un logement à l'autre, elle accrochait toujours aux murs les mêmes cartes postales. Parmi elles, il y avait une vue du wagon-lit d'Élisabeth d'Autriche. Sissi avait vécu des années dans un train, après le décès de son fils. Le monde défilait sous ses yeux derrière des baies vitrées. Ce n'était qu'une petite carte dans une chambre, épinglée à un mur. Mais la vie d'Anna elle aussi, sans qu'elle le remarque, avait pris la forme d'un train.

Depuis qu'elle était partie loin de l'avenue de verre, son père était surtout devenu une voix qui lui demandait chaque semaine dans le combiné si elle avait bien dormi, bien bossé, bien mangé. Anna connaissait les inflexions de cette voix. Elle avait senti ce soir-là que quelque chose n'allait pas. C'était le 31 décembre. Dans la cuisine, elle était occupée à préparer le repas. À l'autre bout du téléphone, la petite voix avait laissé tomber le mot « chimiothérapie ». Anna n'avait plus eu de nouvelles. Sur le répondeur, le double farceur de son père faisait toujours semblant de décrocher en riant aux éclats. Anna étudiait à l'époque de l'autre côté de la mer, en Angleterre. De là-bas elle avait appelé tous les hôpitaux de Touraine. Comme elle ne portait pas son nom, elle savait qu'aucun d'eux n'aurait le droit de lui dire s'il était patient chez eux, ni quel était son état. Le mur de verre aurait tenu jusqu'au bout, se faisant chaque jour de plus en plus épais.

Il restait malgré tout une petite fente dans le mur. Anna ne l'avait jamais utilisée, elle en avait presque oublié l'existence. La faille était là pourtant, devant elle, disponible. Anna s'était décidée. Elle avait écrit une lettre à son père. Elle avait glissé dedans des photos d'elle et de son frère et l'avait envoyée chez lui, à cette adresse qu'elle avait toujours connue, pour lui dire au revoir.

Au même moment, un ingénieur de son université avait appris qu'il était atteint d'un cancer généralisé. Anna avait lu la biographie rédigée pour son site internet qu'il concluait avec la recette du porridge, transcrite *in extenso*. L'ingénieur documentait sa maladie comme son existence, dans les moindres détails. Tous les jours il décrivait sur son blog son quotidien à l'hôpital, inspectant de manière minutieuse les reliefs de cette vie à l'approche de la mort. En le lisant, Anna avait l'impression d'être aux côtés de son père, d'entrevoir un peu de ce qui l'entourait. Elle se souvient de ces voyants lumineux dont l'ingénieur disait être cerné dans sa chambre et qui continuaient, même la nuit, de briller dans le noir. Anna se sentait étouffer à l'idée de cette enceinte de machines qui se rapprochait, les yeux grands ouverts, au moment de la mort. Elle qui avait toujours eu besoin pour dormir du noir le plus complet haïssait d'emblée le compagnonnage forcé avec ces lueurs, ces petits yeux perçants insensibles aux cris, à la douleur. Mais elle s'amusait aussi des images de cirque et de flonflons qui se levaient dans ces lumières nocturnes. Et elle se demandait quelles lucioles bigarrées, rassurantes, s'assemblaient dans la chambre autour du lit de son père.

Contre toute attente, un médecin avait accepté de parler à Anna au téléphone. Le cancer était en phase terminale. Lorsque Anna avait pu échanger quelques mots avec son père, elle lui avait dit qu'elle arrivait, qu'elle serait là d'ici quelques jours. Il n'avait pas eu l'énergie de la dissuader. Mais il l'avait prévenue. Cette lettre qu'elle avait envoyée, tout le monde l'avait lue. Yvette, sa fille, son fils. Et, tous, ils l'attendaient.

Sur son lit d'hôpital, son père avait saisi le téléphone : « Elle est en route, prépare le thé et les gâteaux ! » Anna le regardait, extrêmement amaigri. Elle venait de traverser la mer et déjà elle devait le laisser pour repartir là-bas, au bout de l'avenue de verre. Une immense fatigue l'avait envahie qui avait duré tout le trajet.

Juste en dessous de la sonnette, la carte de visite de Johnny était accrochée, c'était un dessin de lui, dans sa combinaison et son béret rouge, sur sa mobylette, avec à l'arrière tout son matériel et sa raclette qui dispersait de petites gouttes d'eau sous l'effet de la vitesse. Anna n'avait jamais eu l'intention de voir s'ouvrir cette porte. Elle n'avait jamais souhaité voir qui il y avait derrière. Le mur de verre était là pourtant, fissuré devant elle. Il fallait taper dedans.

La porte s'était ouverte et Anna avait grimpé les marches. Dans le hall, il y avait son demi-frère,

Hakim, et sa demi-sœur, Myriam. Et il y avait Yvette, la femme de son père. Celle qui portait son nom, vivait dans sa maison. Celle qui, alors que son mari mourait à l'hôpital, avait découvert en ouvrant une lettre qu'il l'avait trompée, pendant des années, et avait vu apparaître en photographie les silhouettes de deux enfants, immenses comme des falaises. Yvette avait pris Anna dans ses bras. Puis Hakim, Myriam s'étaient approchés. Quand ils l'avaient embrassée, Anna avait à peine eu le temps dans le hall de distinguer leurs visages.

Le père était loin, de plus en plus loin. Dans sa chambre d'hôpital, il ne voulait plus qu'on le voie. Il se laissait glisser lentement vers son pays, vers l'enfance. Il voulait rester tranquille, qu'on se débrouille sans lui. Assis dans le salon, ils avaient parlé de ça. D'eux qui restaient là, maintenus à distance, sans bien comprendre pourquoi. En regardant sa demi-sœur, Anna avait aperçu ses canines pointues, légèrement en avant, identiques aux siennes. Quelque chose en elle avait lâché. Et elle s'était sentie s'enfoncer un peu plus dans le canapé.

Pendant plusieurs semaines, Anna avait vécu là, dans cette maison. Son père les appelait quelques minutes chaque jour. Le reste du temps, dans la cuisine, Yvette racontait à Anna sa vie avec lui, pendant quarante ans. Ses absences régulières, ses silences, ses caprices aussi, quand il disait « je veux manger ça à midi ».

Les enfants qui avaient vécu en nounou pendant près de dix ans, parce que Yvette et lui travaillaient tard, et les week-ends aussi. Le coup de parapluie qu'elle lui avait assené un soir, dans la rue, pensant qu'on l'agressait. Les gens avaient accouru : « C'est un étranger, il emmerde nos femmes. » Et Yvette racontait la fois où elle l'avait vu saoul, à parler d'ours roses à 3 heures du matin. Ce jour où il avait découpé aux ciseaux des chaussures beaucoup trop chères achetées par son fils. Son daltonisme, les couscous qu'il préparait quand l'envie lui venait, les traces qu'il avait laissées dans la chambre sous le radiateur en y faisant sécher ses affaires.

Anna aussi avait laissé des traces, le premier jour, dans la cage d'escalier du côté de la baignoire, quand elle avait projeté de l'eau partout en se douchant. Ça n'avait pas plu à Yvette, mais Anna était contente quelque part d'avoir pu déposer sa marque dans cette maison. Elle ne vivrait jamais avec son père, mais elle dormait dans sa chambre, dans son lit. Elle laissait son regard traîner sur les objets, les meubles, les papiers peints, profitant du décor, des coulisses de cette existence que son père avait menée au loin. En haut de l'armoire, il y avait la photo de Charles de Foucauld, un moine qui avait vécu en ermite au début du XXe siècle avec les Touaregs du Sahara algérien. Il y avait la rangée de faux œufs de Fabergé sur le manteau de la cheminée, un petit chat en peluche, endormi, qui ornait un coussin posé sur le rebord du lit. Anna enregistrait tout cela, ces petits bouts de vie qui s'offraient en pagaille à travers la maison.

Et Anna à la table de la cuisine apprenait lentement, au contact d'Yvette, les réflexes de célibataire que son père avait gardés, même dans cette maison-là. Et ses manies, ses goûts, ses bizarreries parfois, quand il ne supportait pas qu'on retourne les chaussures dehors sur le balcon pour qu'elles ne se mouillent pas, « chez nous ça veut dire que quelqu'un va mourir ». On retrouvait parfois des baskets balancées de l'autre côté du jardin, en plein milieu de la rue. Yvette avait sorti des photos. N'Gaous, dans les Aurès. On apercevait des murets de pierres sèches, des bâtiments en terre. L'enceinte d'un camp militaire, des ânes, des palmiers. Depuis la guerre, c'était la première fois que son père retournait là-bas. Les photos ne montraient pas les enfants qu'Yvette avait laissés en France par peur qu'on les lui prenne. Elles ne montraient pas non plus les jours entiers passés avec les femmes, enfermée, à ne pas comprendre un mot. Sa crainte de rester là, piégée. Les nuages de sauterelles quand on sortait dans la cour manger à la gamelle. L'exaspération permanente. Et les visites nocturnes, quand on ne voyait pas ses pieds et que même dans tout ce noir il fallait se cacher. Yvette pestait, trébuchait, sur le chemin du retour elle arrachait son voile et personne ne le remarquait.

Sur la table s'empilaient des souvenirs que son père avait rapportés de différents voyages. Anna reconnaissait parmi eux des chemises, des batiks qu'elle lui avait ramenés de séjours à l'étranger. Yvette continuait de déballer des affaires qui avaient appartenu à son père : son passeport, une photographie de Hadj, le certificat de mariage de ses parents, la radio à grands vantaux. Tout était étalé devant Anna, éparpillé comme les perles d'un collier brisé. Et Anna puisait dedans, reconnaissante, à pleines mains.

Petite, Anna avait aperçu dans un film tourné à Rome la *Bocca della Verità,* ce grand visage de pierre qui servait autrefois à masquer les égouts et dont la bouche, lui avait dit sa mère, pouvait se refermer sur la main des menteurs. À ce moment-là, Anna avait entrevu cette idée – que la vérité possédait sans doute ses propres canalisations. Qu'elle habitait, comme l'eau, l'électricité ou Internet aujourd'hui, un immense circuit à l'abri des regards. Elle découvrirait plus tard ce système souterrain, cette plomberie fragile tendue entre les corps. Et elle apprendrait ça : que les histoires que nous croyons cacher possèdent leur propre dynamique, des muscles, un souffle. Qu'elles glissent, s'évadent et rejaillissent, hors de notre portée, dans toutes sortes d'endroits incongrus, déplacés.

Deux semaines après la mort du père d'Anna, un article avait paru sur lui dans le journal local. Anna l'avait découvert sur son ordinateur, dans sa chambre d'étudiante de l'autre côté de la mer. Par la fenêtre de la pièce, derrière de grands arbres et des parterres de fleurs, on devinait des champs, un terrain de golf. Et là-bas, tout au fond, il y avait l'endroit où Anna était allée quand elle avait appris que son père était mort. Un petit jardin ouvrier plein de mûres, de plants de rhubarbe géants, de groseilles et de radis trop gros.

Son père avait longtemps été le laveur de carreaux le plus célèbre de Tours. Quand on lui avait volé sa mobylette et tout son matériel, *La Nouvelle République* avait fait la chronique de sa mésaventure. Les outils avaient été rendus, quelques jours plus tard. Cette fois-ci, ce n'étaient pas ses outils. C'était lui qui était parti. Le texte s'appelait « Il portait un béret rouge et une échelle sur son cyclo » et c'était à cela en premier que l'on rendait hommage, la silhouette familière inscrite dans l'œil, cette signature visuelle, presque géométrique – le rond des roues, le point du béret, les rayures de l'échelle. Depuis son arrivée en France, le père d'Anna avait passé son temps à travailler, consciencieusement, obstinément, jusqu'à sa mort. Les gens l'aimaient bien, il leur racontait des histoires. Pour certains, rapportait le journaliste, Johnny était « un rayon de soleil » – et il y avait dans cette image passe-partout quelque chose de spectral, de transparent, qu'Anna ne pouvait s'empêcher d'approuver. Car, dans le fond, c'était vrai. Par-delà la silhouette, les blagues, les mouvements d'horloge, personne, finalement, ne connaissait grand-chose de lui. On ignorait son vrai nom. Tout le monde disait « Johnny », remarquait le journaliste, sans trop savoir pourquoi.

« On l'appelait Johnny car, lorsqu'il est arrivé des Aurès en 1962, où son père harki a été massacré par le FLN algérien, il aimait Johnny Hallyday. »

La phrase avait crevé la surface de l'écran. En la lisant, Anna avait presque entendu ce petit *poc* que faisaient les pneumatiques dans les années 60 lorsqu'ils tombaient, éjectés en bout de tuyau par l'air comprimé. C'était juste quelques lignes en bas d'article, dans la section « Commentaires ». Une remarque anodine, le témoignage d'un lecteur sur l'origine du surnom. Caché à l'intérieur, il y avait pourtant ça, coincé dans une incise. Ce petit éclat de voix, à la limite de l'audible, qui disait à Anna que son grand-père, harki, était mort massacré.

Elle avait déjà entendu parler de ce grand-père pourtant. Quand elle était enfant, elle avait appris qu'il était guérisseur. Il avait vécu non loin du Sahara et il était mort tôt. C'était tout. Son père ne lui avait jamais rien dit d'autre. Alors quoi ? Anna savait que le mot « harki » recouvrait des personnages et des scénarios différents. Des engagements volontaires, des recrutements forcés, des enchaînements de circonstances que la mécanique de la guerre transformait subitement en catapultes vers l'un ou l'autre camp. Mais le massacre, lui, n'offrait pas d'équivoque. D'échappatoire, de nuance. S'il était bel et bien devenu un harki, Hadj n'avait pas été de ceux qui, ayant réussi à fuir de l'autre côté de la mer, avaient vécu dans le froid, la faim, l'humiliation, l'abandon de la France. Quelle qu'ait été sa trajectoire, elle s'était refermée, sans traversée possible, sur cette mort violente dont Anna avait toujours eu une peur obsédante.

Elle avait saisi le dictionnaire. « MASSACRE. Boucherie. Destruction totale ou massive. Action de tuer avec sauvagerie ou en grande quantité. » Sous les yeux d'Anna, le bras de son père armé du mouilleur s'activait. La vitre se remplissait de mousse, la raclette dans la main ouvrait une travée parfaite, idéale de netteté. « En musique, exécution exécrable, qui défigure une œuvre. En chasse, tête d'animal séparée du corps et placée sur la peau. » À force de rester plantée devant les vitres, obnubilée par des gestes de prestidigitateur, Anna avait oublié cela. Le sang, les membres coupés, mélangés, dispersés. Tout cet au-delà de la mort qui se joue dans la guerre et qui veut que les exécutions visent aussi les vivants. Leur terreur, leur souffle, ce qui leur bat à l'intérieur. Elle avait oublié qu'il ne suffit pas de tuer, mourir mécaniquement pour perdre ou gagner une guerre, mais bien de massacrer. Étirer autour des morts comme du chewing-gum le spectre de la douleur, celle d'avant le décès, celle d'après. Tuer un petit peu plus encore par-delà les cadavres, ratisser ce qui reste chez ceux qui leur survivent, jeter ses filets loin dans les échelles du temps.

Anna était restée interdite devant son écran, partagée entre la minceur de l'interstice et la violence de ce qui se voyait au travers, incapable de savoir dans l'instant quoi faire de tout cela. Ce n'étaient que des mots, un graffiti presque, sur une page internet. Mais un espace dans le mur s'était craquelé. Quelque chose manquait. L'histoire de ce massacre, ou alors une histoire différente, une autre version qu'on lui aurait racontée et qu'Anna aurait pu rappeler à sa mémoire, produire devant l'écran. C'était ça, surtout, qui l'effrayait soudain, l'impossibilité de mettre à distance ce mot qui s'affichait sur son ordinateur, ce mot qui ne partait pas et continuait de marteler, en petites lettres faites de 0 et 1, un meurtre auquel rien ne venait s'opposer. L'espace du commentaire marquait avant tout le champ d'un emplacement vacant, d'un élément que son père n'aurait pas dû omettre. Car qui allait pouvoir désormais raconter à Anna, réancrer quelque part cette histoire qui flottait au bout de quelques mots griffonnés sur le Net ?

Anna pensait à son grand-père. S'il avait effectivement, de bon cœur ou forcé, rallié le camp de la

France, le silence de son père ne la surprenait pas. Pour de nombreux harkis et leurs familles, le sujet restait tabou. Mais personne, lui semblait-il, n'était à ce point insignifiant ou abject que sa mort soit indigne d'être qualifiée d'une manière ou d'une autre, rangée quelque part dans l'ordre des circonstances. Anna avait toujours été surprise par cette pudeur qui entoure l'annonce de tant de disparitions. Il y avait quelque chose d'indécent pour elle dans l'énoncé de ces morts nues, transparentes, détachées de leur cause. C'était intolérable, cette manie de taire la fin de l'histoire. Elle s'insurgeait, sans se rendre compte que ce qui la dérangeait pour des gens inconnus, cette incertitude, cette volonté de ramener la mort à elle-même, de la couper de ses branches et de sa signification, elle l'avait accepté toute sa vie sans broncher pour ce grand-père qu'elle n'avait jamais vu.

Si le commentaire disait vrai, comment ce meurtre que son père avait passé sous silence pouvait-il, au moment même de sa mort, subitement reprendre vie ? Par quels enchaînements étranges les deux décès se retrouvaient-ils en cet instant accolés dos à dos ? Chez son père, le corps et son histoire semblaient si peu pouvoir se supporter, coexister, que la fin de l'un signait l'ascension de l'autre. Mais qu'est-ce qui était pire, pour Anna ? Le silence, ou bien cette petite voix qui sortait de nulle part ?

Quand Anna était retournée en France quelques semaines après, elle avait tout de suite interrogé la femme de son père au sujet du commentaire. Assise à la table du salon, Yvette était occupée à coller les silhouettes d'Anna et de son frère sur une photographie du mariage de Myriam, vingt-cinq ans auparavant. Au centre de la photo, le père d'Anna trônait, très fier, en chemise blanche. Le couple de mariés à ses côtés lui donnerait une petite-fille, deux ans après. Le père mourrait subitement d'une crise cardiaque. Myriam élèverait seule sa fille en HLM, elle ne trouverait pas de travail, accumulerait les dettes. Hakim devait avoir 20 ans au moment de la photo. Lui ne se marierait jamais. Manutentionnaire, il vivrait dans un petit studio très propre, économisant pour partir chaque année plusieurs mois dans les îles. Anna reconnaissait à l'arrière-plan le jardin des Prébendes. C'était là qu'elle avait appris à marcher. Là qu'elle allait jouer tous les jours, à l'époque de la photo, quand elle avait 4 ans. À quelques heures près, elle aurait pu croiser au détour d'un chemin son père endimanché et sa fille en robe blanche.

En lisant le commentaire, Yvette était restée perplexe. Le père d'Anna ne parlait jamais de Hadj. Pour en apprendre plus, il faudrait sans doute retrouver la personne derrière le pseudo, Khadijack. Sur le site de *La Nouvelle République*, il avait laissé une autre remarque au sujet d'une fédération de parents d'élèves dont il faisait partie. Anna avait écrit à la fédération, au journal. C'étaient les vacances de Pâques. Elle avait un peu de temps devant elle avant de retourner étudier de l'autre côté de la mer. Elle avait commencé à se rendre régulièrement à l'Univers, seule, comme sa mère autrefois. À plusieurs reprises, surveillant la porte à tambour, elle avait guetté les amis de son père. Elle se souvenait que la dernière fois qu'elle l'avait vu bien portant, c'était là, dans ce café, avec un paquet de foie gras sous le bras. Quelques semaines avant que son cancer du foie ne se déclare, il serrait déjà contre sa poitrine, au vu et au su de tous, ce gros organe malade enveloppé dans de l'alu.

Au bout de deux ou trois jours, en variant les heures, Anna avait enfin vu au loin les amis de son père qui franchissaient la porte. Elle s'était assise avec eux, mais ils ne savaient pas la moindre chose de Hadj ni de sa mort. Un serveur s'était approché d'Anna et lui avait tendu une photo, accrochée dans le vestiaire depuis des années : son père, accoudé au comptoir, riant sous son bonnet de Noël, un verre de kir devant lui. C'était l'ancien patron de l'Univers, Pierre, qui avait pris le cliché. Selon le serveur, il avait racheté depuis un autre établissement, à cinq minutes à pied.

À l'entrée de l'hôtel, une pancarte affichait complet. Les portes pourtant étaient verrouillées, le hall plongé dans le noir, la ligne téléphonique redirigée vers la boîte vocale. Anna s'était reculée un peu pour regarder la façade. L'Hôtel de France était coincé entre une maison bourgeoise et une gigantesque station-service qu'il avait escaladée : les trois étages de chambres et leurs rangées de petites fenêtres lévitaient, comme sur un paquebot, au-dessus d'une immense salle des machines pleine de cambouis, d'agitation, de fumée.

Une silhouette était apparue derrière les portes vitrées et Anna l'avait interceptée. C'était bien Pierre, l'ancien gérant de l'Univers. Debout dans la pénombre, il avait écouté ses questions. Il était en deuil lui aussi, ses parents étaient morts peu de temps auparavant. Pendant quarante ans, il avait vu le père d'Anna tous les jours. Mais il ne savait rien au sujet de Hadj. Il aurait été bien incapable de dire s'il avait été ou non harki, comment il était mort. À la place, il avait reparlé à Anna du fatras que son père trimballait tous les jours à l'arrière de sa mobylette avec, sous son matériel, tout un tas d'objets qu'il convoyait chez les uns et chez les autres. Les combines, les ficelles, la quincaillerie de son père et tous ses jeux de troc, ça, il connaissait. Mais il n'y avait pas grand-chose là-dedans de l'Algérie. Ce n'était pas entre les brosses, les raclettes et les affaires de colporteur qu'elle se dissimulait. Une fois pourtant, Pierre qui fouillait sa mémoire s'en souvenait vaguement, le père d'Anna lui avait parlé de quelque chose qui était arrivé là-bas, vers chez lui. C'était une histoire de kalachnikovs, de gens qui dormaient, et d'un village tout entier massacré.

Anna s'était éloignée du paquebot. Quelles que soient les personnes qu'elle interrogeait, elles avaient toujours plus ou moins les mêmes lambeaux d'histoires. Tout était estompé, presque inutilisable. Il n'y avait pas là-dedans de fil sur lequel tirer, de date, de nom, hormis des ombres sans substance de mort et de violence. C'était à croire que tout avait été soigneusement camouflé. Et pas seulement par son père. Anna en venait à penser que tous autour de lui, Pierre, Yvette, ses enfants, ses amis, sans se concerter, s'étaient efforcés peu à peu d'évacuer le souvenir, de l'épuiser, le vider de son souffle. Anna avait repensé à Agatha Christie. Elle avait revu, dans la petite cabine de l'Orient-Express, la ronde de visages noirs penchés sur un même lit. « Il faut un village, disait-on souvent, pour élever un nouveau-né. » Il en faut aussi un, avait-elle pensé, pour effacer un mort, faire en sorte que personne ne cherche plus à savoir, ne pose plus de questions, ne ressente plus du vide les infimes pulsations.

Anna avait jeté avant de partir un dernier coup d'œil à l'Hôtel de France. Peut-être que nous vivions tous finalement sur un paquebot de ce genre, au-dessus d'une grande salle des machines métabolisant nos fluides, nos humeurs, nos secrets, les faisant circuler les uns dans les autres. Anna avait entendu un jour à la radio une gardienne de HLM : chaque hiver, dans son immeuble, les toilettes des étages supérieurs refoulaient leur contenu vers les étages inférieurs, jusqu'au rez-de-chaussée. Dans leurs dysfonctionnements, les HLM révélaient aussi comment, dès que l'on n'en prend plus soin, nos circuits d'évacuation s'entre-dévorent et se mêlent, inextricablement.

Le journal dans lequel Anna avait trouvé la remarque sur son grand-père, *La Nouvelle République*, était une institution locale. Beaucoup de monde le lisait encore. Les gens l'appelaient souvent affectueusement *Nounou*. Depuis le commentaire, ce surnom avait pris pour Anna une épaisseur nouvelle. Car c'était un peu ce que le journal était devenu pour elle, une entité étrangère dans les jupes desquelles s'étaient réfugiés des membres de la famille, des bouts de son histoire.

Suspect et menaçant au départ, l'espace du commentaire était à présent pour Anna le pendant de cette rubrique où, sur l'acte de mariage de ses grands-parents algériens, le néant faisait clignoter son « RAS » en lettres majuscules. Ces quelques petites phrases en bas d'article lui suggéraient que tout, au contraire, restait à établir concernant ces vies. Que tout restait à dire, à rectifier, à écrire.

Avant la mort de son père, il y avait eu des à-coups. Des collisions qui avaient ébranlé Anna, la faisant comme un pantin pivoter sur son axe. Des choses la poussaient. Mais en biais, de travers. Et Anna atterrissait toujours quelque part à côté, sans bien comprendre pourquoi. Ces endroits lui apparaissent maintenant pour ce qu'ils étaient sans doute : des terrains d'accès, des passerelles. Des observatoires qui lui permettaient de voir, à l'abri d'une rambarde, comme depuis chez le voisin.

Il y avait eu la Tunisie d'abord. Les images à la télé mi-décembre 2010 de l'insurrection populaire, puis la chute de Ben Ali. Et quelque chose au fond de ces images qui s'était levé, avait happé Anna et l'avait recrachée, quelques jours et un avion plus tard, en plein milieu de Tunis. Elle garde de cette incursion brève dans les soubresauts du 14 janvier des flashs disparates. À la casbah, dans une auberge sans chauffage ni électricité, les signes flottants d'un mariage fantôme : deux fauteuils toujours vides au milieu de l'atrium, une silhouette en robe blanche errant dans les couloirs. Dans un petit salon sombre, un Anglais explique à Anna comment le quotidien se poursuit dans les guerres tout autour des combats, à quelques rues de distance, et comment lui a appris à naviguer le long de ces nervures de vie qui enserrent les batailles. L'homme, tout en parlant, se gratte vigoureusement le dos. Les jours précédents, la révolution s'est pour ainsi dire réveillée sur ses pas.

Sur la porte d'une échoppe où elle achète du lait, Anna remarque une grande photo de l'épouse de Ben Ali, découpée dans le journal, à demi décollée. Dans une gigantesque foire de voitures, des leviers de vitesse solitaires sont alignés sur de vieux tapis à côté d'exemplaires du Coran et de clefs à molette. Un couple de jeunes fiancés dont on lui a donné les contacts en France emmène Anna en voiture sur les grands boulevards longer des villas blanches. Ils ont conservé ce réflexe de regarder toujours à droite et à gauche quand ils parlent. Anna ressent auprès d'eux que la violence est là, derrière les façades, échappée de ses sacs, des maillots et doublures.

Juste avant son départ, Anna a eu des échanges musclés avec l'un de ses amis. Ce voyage, dit-il, c'est du tourisme d'action sans nécessité, juste pour le plaisir. Anna n'a jamais souffert du régime. Elle ne connaissait même pas deux semaines avant le nom de Ben Ali. C'est une imposteuse, une voleuse de combat. La révolution, les coups de poing, la violence, ce ne sont pas que des idées, des sources de frisson pour la case « Loisirs » de son petit CV. Des femmes d'action, il en connaît, mais elles ont le talent de tarir une crise, pas de fourrer leur nez dedans. Tout ça, chez Anna, c'est la marque de ce qu'il appelle son « identité noire ». Elle voudrait pouvoir s'incarner partout, même où il ne faut pas. Et dire qu'elle ne veut pas de sa protection, de sa virilité... Il avait pensé l'empêcher de partir par la force. Puis il avait cédé : « Je ne veux plus jamais te parler. Ne me rappelle jamais. »

Au soir du premier jour, Anna a rencontré un oncle du jeune couple qui la guide dans Tunis. Kader a le même âge que son père. Il lui ressemble un peu. Il a travaillé pendant longtemps à Paris en banlieue, d'abord comme épicier puis comme médiateur. Quand Le Pen est arrivé au second tour de la présidentielle, des gens à Paris lui ont craché dessus : les sales Arabes comme lui pourraient bientôt reprendre leur chameau, retourner dans leur pays.

Kader et Anna font la cuisine ensemble. Lui a été élevé à l'algérienne, dans ce pays chaoui qui englobe également le Sud tunisien. Anna ne savait pas ces lignes souterraines qui courent sous les frontières. Elle lui parle de son père qui vient de là-bas aussi. Elle essaie de décrire comment elle a grandi tout près et loin de lui. C'est la première fois, lui semble-t-il, qu'elle raconte cette histoire. Kader pendant ce temps lui montre comment écailler le poisson, racler au couteau les petites feuilles transparentes qui lui donnent la peau dure. Lui qui a vécu longtemps entre plusieurs pays ne paraît pas atteint. Il circule sans cuirasse, à l'aise entre les mondes. Anna a l'impression que son père, lui, même après quarante ans en France, est resté bloqué quelque part. À côté de Kader, informé, attentif, il semble lisse, comme un masque brillant, une petite feuille de nacre posée sur une eau noire.

C'était arrivé plusieurs fois encore, après la Tunisie. Des foules, des visages, des silhouettes. Avec, sous leurs jupes, cette force intranquille qui aspirait Anna. Dans un film de Jacques Nichet, aux « Rendez-vous de l'histoire » de Blois, quelque chose en elle s'était accroché à des Demoiselles en guerre. Sous les manteaux blancs, les visages sombres, des paysans grimés dont les révoltes avaient embrasé au XIXe siècle les montagnes de l'Ariège. Après le film, Anna n'avait plus voulu quitter ces Demoiselles. Elle les avait emmenées de l'autre côté de la mer, les transportant dans son travail, examinant leurs masques, leurs signes dans la montagne. Et toutes les façons qu'elles avaient, dans leur lutte contre l'État, de se taire, de ne pas donner leurs noms, d'apparaître et disparaître sans cesse. Anna connaissait cette présence clignotante, cette manière silencieuse de faire parler les corps et le monde tout autour. Plus tard, elle avait compris ce qui était venu transparaître dans le film, s'agitant derrière l'écran, sous la pellicule. Les maquis des Aurès, le théâtre d'ombres de la guerre d'Algérie. Sous les visages maquillés de ces Demoiselles entrées en insurrection en 1829, quelques mois avant que la France se lance dans la conquête algérienne, c'étaient d'autres spectres plus profonds qu'Anna commençait à renifler, à découvrir à tâtons.

Loin de l'avenue de verre, Anna reprenait des forces. La clepsydre au fond d'elle s'était réactivée. Tous les mois, le sang revenait battre lentement son tempo. Elle ne savait toujours pas quoi faire de ce temps regonflé. Où vivre, avec quelles personnes et pour quel métier. La plupart du temps, les hommes la faisaient souffrir. Quelque chose en elle, cette identité noire peut-être, les tenait à distance. En plein dans la débâcle, elle s'était décidée. Elle avait contacté un ami algérien retourné vivre au pays, dans un petit appartement au centre de la capitale, avec sa très jeune femme arrivée de Kabylie. Ils avaient accepté de l'accueillir pour une semaine chez eux.

En lui disant constamment que ce pays était dangereux, en repoussant sa découverte à des lointains radieux, son père l'avait tenu sous le coup d'une malédiction. Ce qu'il en avait dit devant Anna bloquait, comme un sésame, la porte de l'Algérie. Il l'enfermait dans un sac, la faisait cesser de vivre. Pour déjouer cela, il fallait qu'Anna aille y poser les pieds. C'était l'image qui lui venait. Toucher le sol, quitte à repartir vite. Détacher les crampons qui pointaient sous ses semelles dès qu'elle se voyait là-bas. À l'ambassade, à Paris, dans la queue pour obtenir son visa, elle avait échangé quelques mots avec une vieille dame, une ancienne pied-noir née à Constantine. Et elle avait senti chez elle la même urgence aveugle : y retourner, sans délai, le corps tout petit ramassé près du sol, caché dans sa chaussure, et y refaire quelques pas.

Trois jours avant le départ d'Anna, le 6 décembre 2012, le gouvernement français avait fait voter une loi instituant une journée nationale à la mémoire des victimes de la guerre d'Algérie. À ce moment-là, le président français préparait sa première visite d'État dans le pays, durant laquelle il dénoncerait publiquement le « système injuste et brutal » de la colonisation. Ce voyage était « attendu, espéré, redouté », déclarerait-il aux journalistes le jour de son arrivée. Anna n'avait rien suivi des préparatifs de la visite du président ni du vote de la loi. Elle savait que les reconnaissances viennent souvent trop tard, quand ceux qui auraient pu guérir ou faire guérir sont morts et enterrés. Quand ça ne mange plus de pain, que les gouffres sont ouverts, les néants imprimés. En regardant le calendrier, on aurait pourtant dit que quelque chose en elle, pour traverser la mer entre les deux pays, avait attendu ça.

À son arrivée à Alger, ses amis lui avaient proposé d'aller passer le week-end en Kabylie, dans les monts du Djurdjura. Ils logeraient dans une station de ski qui venait de rouvrir, vingt ans après les premiers massacres de la décennie noire. Anna avait regardé la carte. Le Djurdjura, ce n'était pas les Aurès ni le pays chaoui. Mais c'était sur la route. Le début du trajet. À la sortie d'Alger, quand la voiture s'était engagée dans la Mitidja, cette grande plaine agricole surnommée dans les années 90 « le triangle de la mort », l'œil gauche d'Anna s'était fermé.

La tête renversée, elle s'injectait des larmes artificielles. Mais l'œil était comme verrouillé de l'intérieur. Une poussière, quelque chose dans l'air, ne voulait plus se déloger. Les kilomètres filaient. Anna avait traversé le pays l'œil clos, la joue trempée. Les muscles de la paupière ouverte n'avaient pas l'habitude de tenir tout seuls. Ils tremblaient. Pour les soulager, Anna scellait les bords de l'œil malade avec ses doigts, mais le frottement rendait l'irritation pire encore. Et Anna avait vu les montagnes de Tikjda, le grand hôtel austère des années 80, les singes accroupis au loin dans la forêt, d'un seul œil. Elle avait passé deux jours à appuyer, toujours plus fort, sur sa paupière qui tressautait comme un animal blessé. De retour à Alger, la poussière était partie d'un coup, comme elle était venue.

De tout le voyage – des oranges, de Tipasa, des marchés, de la colline d'Alger haute et blanche sur la mer étalée – Anna se souvient surtout de ça. De cet œil fermé. C'est lui qui surnage, sa paupière comme une lune trônant sur le paysage. Anna s'est habituée depuis à tous ces tremblements. Elle en relève la partition. Ils durent depuis longtemps. Elle les regarde qui surgissent, en différents endroits de son corps ou de ce qui la touche, puis se volatilisent. Parfois, elle se dit que c'est ça que son père fabriquait au contact des vitres, tendues au-devant de lui comme de grands filets atmosphériques. Il nettoyait l'air, le filtrait de tous ces petits grains douloureux qui, s'ils rentrent dans l'organisme, y posent des serrures.

Il était tombé malade un an après qu'Anna était rentrée d'Algérie. À l'hôpital, il ne voulait plus voir personne. Il manquait déjà à Anna. Pourtant, la ville était plus vivable, tout d'un coup, quand lui n'était plus là. Quelque temps plus tard, après la mort de son père, Anna était revenue. Elle s'était réinstallée à Tours, à deux pas de l'avenue de verre. Après dix ans d'absence, elle retournait vivre auprès de cette histoire manquante. Peut-être que des traces, d'autres commentaires ou fragments reviendraient la saisir. C'était sûr, en tout cas : où qu'elle soit, quelque chose serpentait, louvoyait, faisait des irruptions avant de se rétracter, puis revenait à nouveau. Ce n'était pas une enquête à proprement parler. Mais une vague qu'elle regardait circuler autour d'elle, qui vrillait, s'involuait, produisait des fantômes.

Sur la fenêtre de la chambre, un voile se forme. Fripé et brodé par la pluie, il adoucit et tamise étrangement la lumière. Une nouvelle guerre vient d'éclater en Europe. En voyant cette paupière orangée sur la vitre, Anna pense, une seconde, à l'hiver nucléaire. Par les grandes baies du rez-de-chaussée, elle aperçoit les toits d'ardoise des maisons d'en face qui disparaissent sous une couche sépia. Le monde a vieilli tout à coup et pris l'allure d'une photographie jaunie.

Cela fait huit ans maintenant que son père est mort. Anna est restée à Tours. Elle a trouvé un métier, un compagnon, une maison. Le petit commentaire au bas de l'article de *La Nouvelle République* aurait pu être un début, une accroche, quelque chose d'excitant et d'effrayant à la fois. Il n'a fait pourtant que débusquer autour d'Anna de nouvelles plages de silence. Avec la mort de son père, le mur entre les deux maisons a été abattu. Mais il subsiste, plus épais encore, renforcé, entre elle et l'Algérie. Entre elle et Hadj, la guerre, ce qu'elle a recouvert. L'auteur du commentaire n'a pas donné signe de vie. Yvette a perdu, dit-elle, les coordonnées de la famille algérienne. Elle dit aussi qu'elle ne veut plus jamais en entendre parler, ni qu'ils puissent réclamer quoi que ce soit auprès d'elle. Anna ne renâcle pas. Elle acquiesce à l'obstacle. Elle n'a aucune idée de comment le contourner. Peut-être que ça l'arrange.

À l'étage, les fenêtres sont couvertes comme au rez-de-chaussée de la même boue ocre. Anna explore les pièces les unes après les autres. Elle se demande si son père a connu ça de son vivant. Elle pense aux laveurs de carreaux sur l'avenue de verre, à la tête qu'ils vont faire ce matin en arrivant au travail. Cette nuit, un vent en provenance du Sahara a balayé la ville. Précipité par la pluie, le sable qu'il transportait est retombé partout. Il flotte encore dans l'air. Il y en a sur les trottoirs, les buissons, les plates-bandes, les pantalons, les manteaux, les voitures. Les gens s'envoient des images de carrosseries maculées de taches. Des photographies circulent de pistes de ski pyrénéennes couvertes d'un blond doré resplendissant, car le vent du désert a survolé la veille toutes les régions de France. Plus près, le sable camoufle les lieux que l'on connaît, froissant les surfaces, freinant le regard. Toutes les vitres sont recouvertes de ces petits grains de silice avec lesquels on les fabrique, à croire que le vent cette nuit a rallumé leur mémoire, qu'il les a polies, poncées jusqu'à leur restituer un peu de leur corps d'origine.

Omniprésent, le sable atteint aussi les espaces intimes, les plis des sous-vêtements, jusqu'aux verres de lunettes d'Anna, jusqu'aux yeux. C'est comme les particules de pollution, lui dira plus tard son ophtalmologiste, le sable vient se blottir à l'intérieur, sous les paupières, à la source de la vue. Sur Internet, Anna trouve une photographie prise par une amie, une poignée de grains mis à sécher sur une feuille blanche. Leur couleur cuivrée éclate sur la page. En commentaire, l'amie s'étonne : comment un bout de ce monde si grand, si lointain, si hors de portée, a pu venir voler jusqu'à elle ? Anna non plus n'a jamais vu ni touché le Sahara. Elle sait que son grand-père Hadj venait de là-bas pourtant, de tribus qui montaient et descendaient de Biskra jusqu'aux Aurès, empruntant les couloirs entre les montagnes et le Sahara. Aujourd'hui, c'est un peu de ce désert, une peau du monde de Hadj, qui arrive jusque chez elle et déploie sous ses yeux sa grande maison de sable.

Il y a des années, Anna a joué au théâtre un extrait d'une pièce du XVIIe siècle découverte par hasard à la bibliothèque. Elle y tenait le rôle d'une dame noble naufragée sur une île inconnue. Craignant plus que tout d'être la proie de cannibales, la dame cherchait à dissimuler son corps nu en s'enfouissant jusqu'au cou dans un trou sur la plage. Anna avait débité son texte sur la scène le corps enseveli, avec juste la tête qui dépassait du sable, comme la Winnie d'*Oh les beaux jours* de Samuel Beckett. Face à la ville sous la dune, elle se demande ce qui l'avait portée vers ce rôle, d'où lui était venu ce besoin de s'immerger dans le sable, d'en faire, pour un temps, un corps d'adoption.

Sergueï Lazarev, un chanteur ayant fui la guerre qui fait rage en Ukraine, a dit après avoir trouvé refuge en Pologne : « Ici ce n'est plus la guerre, ce qui tombe c'est la neige, alors ça va aller. » Pour Anna, cette neige de sable qui annonce le printemps rappelle aussi la guerre. Une autre guerre, longue pour certains de huit ans, pour d'autres de cent trente ans. En ces temps où le racisme français se dévoile sans complexe, le Maghreb peu revanchard renvoie en grandes bouffées vers l'ancienne métropole l'engrais si riche en métaux et en gaz naturel du substrat saharien, cette terre que l'on appelait encore, il n'y a pas si longtemps, « territoire français » – car la France, comme l'amie d'Anna ce matin, l'avait un jour prise entre ses mains en disant : « Elle est mienne. »

À quelques jours de la célébration des accords d'Évian, le Sahara est venu revêtir le pays d'étranges habits de commémoration, taillés dans l'étoffe même du conflit. L'économie carbonée et le changement climatique sont connus pour être les causes principales de l'intensification des remontées d'air depuis l'Afrique du Nord vers l'Europe. Ironiquement, ce nouveau costume est un don de ces énergies fossiles que les gouvernements français se sont évertués pendant tant d'années à prélever dans le désert.

S'agit-il encore, se demande Anna, de reconstituer la scène d'un crime, d'une naissance, de quelque chose qui se serait tramé là-bas, dans le Sahara, il y a bien longtemps ? Elle regarde à nouveau les toits sépia, les voitures camouflées, son velux brodé de sable. Le monde arbore une nouvelle peau plus sombre, tachetée, presque malade. Les bâtiments disparaissent, floutés dans une cape qui les gomme, les rapproche du mirage. Le vent est retombé mais le sable qu'il a laissé derrière lui crisse, murmure à Anna que Hadj et ses ancêtres lui ont rendu visite. Dilués dans la poussière orangée du Sahara, ils recouvrent tout, lui rappelant que son monde, par un réseau de parentés secrètes, trouve dans ce sable son origine.

Qu'est-elle à l'Algérie, aux montagnes des Aurès, au désert ? Le vent qui est passé cette nuit pose sur la ville un début de réponse. L'Algérie ne se loge pas dans un corps, dans un organe, dans une valise ou dans un grenier qui en conserveraient les reliques. C'est une peau qui recouvre le monde, un film qui se dépose sur les choses. Elle est ce filtre chercheur d'or qui tachette les fenêtres et tamise les apparences. Elle est ce que son père, dans sa combinaison rouge, lui le laveur de carreaux avec toutes ses brosses, ses mousses et ses raclettes, cherchait à gommer tous les jours des fenêtres, moquettes et vitrines, sans trop y parvenir.

Sur la devanture d'un restaurant, le long de l'avenue de verre, une minuscule poupée en poils de platane, prise dans une toile d'araignée, étale sa crinoline. Plus loin, figés sur quelques centimètres carrés, des tombées de pollen roux, un insecte à carapace orange, puis un autre aux mandibules collées. Des entomologistes pourraient venir là, récolter ces êtres déjà saisis sur des lames de verre. Malgré leur démesure, ces devantures sont aussi des filets où lire le minuscule, ce qui circule dans le vent. Comme du papier tue-mouches, elles captent ce qui voyage dans l'air, ce que convoie son haleine.

Anna se rappelle les deux pigeons qui avaient atterri une fois au-dessus de sa tête, sur la vitre inclinée du velux de sa chambre. Elle avait vu distinctement par en dessous leurs pattes étoilées puis, lorsqu'ils avaient parcouru le carreau, les traces faibles de leurs pas imprimées sur le verre. C'était donc ça, aussi, ce que son père effaçait des vitres : des signes de ce que le vent sème, de ce qu'il transporte. Pas juste des traces de doigts, d'affiches décollées, de pattes d'araignées. Mais la mémoire de l'air. De ce qui vient d'ailleurs et qui, hors d'atteinte, continue d'essaimer, d'affluer dans un souffle.

Depuis le passage du sable du Sahara, le regard d'Anna sur la ville n'est plus tout à fait le même. Elle se remet à chercher ce qui, de très loin parfois, revenait se nicher en crissant sous la raclette de son père. Elle ne compulse pas seulement les archives discrètes de l'avenue de verre. En visite pour un séminaire à Aix-en-Provence, elle décide de se rendre aux Archives d'outre-mer. Anna ne se souvient jamais de ce nom-là. Elle les appelle toujours « les archives coloniales », ce qu'elles sont bien, techniquement, leur mission officielle étant de conserver les archives « relatives à la présence coloniale française outre-mer ». Le mot « colonial » pourtant a disparu de l'appellation. On lui a préféré un terme plus pudique, ouvrant vers l'horizon, une ligne de lointains flous aux tremblements exotiques. L'outre-mer, c'est l'au-delà. Ce que l'on ne voit pas. Ce qui vit de l'autre côté d'un grand milieu liquide, hors de portée des sens, de la conscience aussi. L'outremer, c'est enfin, cela revient à Anna dans la salle de lecture, cette couleur dont on a choisi ici de recouvrir les murs. Le bleu outremer, dit couramment « bleu roi ». Çà et là, les poignées de faux tiroirs et des inscriptions à la craie à demi effacées complètent le décor.

Assise à une table, Anna ne consulte pas de documents tout de suite. Elle regarde la salle. Elle soupèse l'ambiance marine et monochrome, l'ironie secrète qui court entre ces murs. Et cette confirmation : fuir une menace, c'est se jeter dans les bras d'une autre. Ici, on a cru effacer le colonial de l'habit des archives, de leur nom, de leur fronton. Le voilà qui éclate pourtant dans la grande salle, restitué dans ses atours monarchiques, son ADN Ancien Régime. Cette couleur sur les murs, ce n'est pas seulement l'appel de l'outremer. C'est celui de l'arbitraire, de ce pouvoir qui a continué dans les colonies, comme une altesse en exil, à sculpter le réel, choisir ses sujets, adoubant ou enterrant des pans de leurs mondes. Sur le beau fond bleu roi, Anna voit défiler devant elle les grands dénis officiels qui ont préparé et permis son propre déni de l'Algérie. Rien : en 1830, c'était ce que Charles X avait remboursé au dey d'Alger qui le sommait d'éponger les dettes de blé contractées pour nourrir les soldats pendant la Révolution. La France avait préféré se lancer dans la conquête et effacer sa créance plutôt que de creuser l'abîme ouvert dans les finances par l'appétit révolutionnaire. « Rien », c'était aussi le mot que Louis XVI, à la date inaugurale de cette même Révolution, avait choisi d'inscrire dans son Journal, le 14 juillet 1789, dans un geste qui préfigurait le déni de dette de son frère. De 1840 à 1850, pendant la guerre totale du général Bugeaud et de ses officiers, l'extermination des vies humaines, des ressources et des mémoires indigènes avait été le mot d'ordre de l'armée française, bientôt suivi de l'injonction d'effacer l'histoire de cette violence de masse. En 1881, le code de l'indigénat avait consacré le retour en Algérie d'une société d'apartheid installée dans les faits depuis longtemps. Avec lui, la République française retrouverait la capacité propre aux régimes absolutistes de dénier les droits politiques, les libertés fondamentales et l'humanité même de millions de sujets coloniaux.

Et puis il y avait eu, bien sûr, le déni de la guerre elle-même. Celle qui pour beaucoup n'avait jamais cessé, sauf par intermittences maquillées, achetées, extorquées, de 1830 à 1954. Et celle que l'on finirait bien par appeler du nom de « guerre » parce que ce serait la dernière, même si le langage officiel s'obstinerait, pendant plus de trente ans, à parler d'« événements » ou d'« opérations » – comme s'il s'était agi, finalement, de ne manipuler rien d'autre que des entités abstraites, mathématiques et dépourvues de corps.

Anna se dirige vers le comptoir pour récupérer le carton qu'elle a demandé à consulter. Revenue à sa table, elle lit sur une carte fichée dans le dossier : « salle de lecture : fantôme ». Elle a bien vu. Ce qu'elle tient dans ses mains est un fantôme. C'est marqué dessus. Au guichet, les archivistes lui expliquent. Toutes les fois qu'un carton stocké en magasin part en salle de lecture, on glisse dans son rabat l'étiquette « salle de lecture : navette ». À la place du carton sorti des rayonnages, une autre étiquette est posée, « salle de lecture : fantôme ». Dans ce cas-là, les fiches ont été interverties. La navette a atterri dans l'emplacement vide, et un fantôme de plusieurs kilos pile dans les bras d'Anna.

Aux archives, ce jour-là, le secret de la mort de Hadj reste inentamé. Anna ne trouve rien sur lui ni sur son père. Mais elle apprend cela : que c'est quand on cherche quelque chose que l'on crée son fantôme. C'est la consultation, la poursuite de l'oracle, le fait de sortir l'archive de son tombeau qui matérialise le spectre, fabrique sa trace. Anna repense aux minuties qu'elle scrute à la surface des vitres, au bas des articles, dans les plis quotidiens. Ce sont toutes, quelque part, des fantômes de ce genre. Des empreintes en creux. Des marques qui se créent sur le lieu d'une absence, d'une histoire déplacée, transportée. Cela ne veut pas forcément dire que l'archive est perdue, égarée. Mais qu'elle est quelque part, dénouée, éparpillée à la lumière d'une lampe, et que quelqu'un n'a toujours pas fini, peut-être, de l'apprivoiser.

La rame s'engouffre en crissant au-delà de Saint-Ouen. Dans le wagon secoué, les lumières clignotent, les regards se fuient. Un fracas métallique éclate, assourdissant. Tout le monde fait silence. Anna aperçoit à travers la vitre, comme dans un train fantôme, des flashs d'entrailles rouillées. Le wagon, semble-t-il, se met à accélérer. La commune dans laquelle il vient d'entrer est souvent classée parmi les plus dangereuses de France. Autour d'Anna, le monde du métro renvoie comme un écho de la violence d'en haut. Il recrée dans les corps les sursauts des combats qui se poursuivent encore, dans les vies à l'air libre, et ruissellent dans les sols pour venir finir là, dans ce vacarme souterrain qui tournoie en spirale.

Toutes les semaines, chaque mercredi, Anna vient donner cours à Saint-Denis. Lorsqu'elle a été recrutée là-bas, quelques mois auparavant, Anna a compris qu'elle s'était sans le vouloir rapprochée de l'Algérie. D'une Algérie déménagée, entassée, dans des bidonvilles d'abord, dans des HLM ensuite. D'une Algérie devenue française, mais qui déploie toujours sous ses yeux des traces, des noms, des visages, autant d'archives vivantes dans lesquelles elle vient s'immerger quelques heures par semaine avant de repartir. Le jour de sa prise de poste, elle a aperçu sur le chemin de la fac un camion de déménagement garé sur le boulevard avec ce mot, « Kabylie », affiché en grand sur la tôle, comme si tous ces signes, ces boutiques, ces enseignes autour d'elle venaient d'être livrés le matin même.

Anna fait souvent un détour par la basilique de Saint-Denis, nécropole des rois de France. Dans la foule des hommes attroupés sur le parvis, elle entend une fois le mot « Algérie » résonner dans son dos. Et elle se souvient que la colonie, ressuscitant les sujets, avait aussi quelque part ressuscité les rois. Dans un coin vide de la place, un monsieur à lunettes en costume élimé lit au micro un discours écrit sur un bout de papier. C'est la journée mondiale contre le racisme. Plusieurs femmes aux accents maghrébins s'écrient au loin : « Y a pas de racisme en France ! Après, les jeunes, ils écoutent et se vengent. Nous, on n'écoute pas ! »

Deux ou trois personnes restent auprès de l'homme qui, les yeux rivés sur son papier, continue son discours. Anna reste là aussi, parce que cet homme ressemble à son père. Son père dans un monde parallèle, avec des études, une perruque, un costume, mais toujours ces accents dans la voix, entre le tremblé et le rire. Son père qui serait venu, sur ce parvis, contre le flanc de pierre de monarques déchus, dénoncer le destin de sujets d'outre-tombe – ceux que la France en repentance avait offert un jour à tous ses très vieux rois. La place de la basilique est toujours pleine de monde, elle rappelle à Anna la place de la Poste d'Alger, mais la foule ici est grosse de fantômes. Anna se sent transportée quelque part en Méditerranée. Comme si la butte Montjoie où trône la basilique, avant cela le plus grand centre païen de toute la Gaule antique, devenait soudain une île intermédiaire, au milieu de la mer, née de roches algériennes et françaises venues s'entrechoquer.

Ce jour-là, la place offre à Anna le visage d'un lieu en suspens, foudroyé. La foule est silencieuse. Face à elle, la basilique est tronquée, étêtée de sa flèche nord endommagée à plusieurs reprises par les intempéries à partir de 1837, au point que certains la déclareraient maudite et que le maire d'Épinay, en 1852, parlerait tout à trac d'une basilique « décapitée ».

Anna passe toutes les semaines devant un autre monument du département : les Archives nationales de Pierrefitte, inaugurées en 2013, juste en face de l'université de Paris 8 Vincennes-Saint-Denis. Pendant longtemps, le bâtiment ne l'intéresse que parce qu'elle sait qu'il s'est construit sur d'anciennes terres maraîchères qui occupaient avant toute la région. Lorsqu'elle se renseigne enfin, un peu par hasard, sur les fonds qui y sont conservés, elle apprend que c'est là, sur ce site qu'elle a regardé de loin pendant des mois en visualisant à la place des champs de salades et de pommes de terre, que se trouvent les dossiers des rapatriés de la guerre d'Algérie.

En franchissant l'enceinte, Anna aperçoit, alignés dans une grande frise bordant la façade, des centaines d'exemplaires en relief, taille géante et couleur argentée de ce « X » qu'elle sait inscrit à son état civil. C'est comme un signe de connivence, un clin d'œil familier, mais elle ne peut s'empêcher aussi de trouver ça étrange, cette marque de l'oubli, du silence, devenue le totem d'un lieu qui les combat. Selon le règlement, elle n'emporte dans la salle de lecture qu'un crayon de bois et des feuilles de papier, dans une mallette des archives en plastique givré. Malgré le froid qui règne dans les couloirs, on lui a demandé de laisser son manteau au casier. Avec cette serviette transparente qui pend à son bras nu, elle se sent plus insignifiante encore, perdue dans ce vaisseau immense où tout le monde semble prêt à s'occuper pourtant d'histoires toutes petites, de requêtes fragiles.

Anna fait une pause à la cafétéria. Dans les dossiers de la Sûreté générale, sous des annotations en cyrillique attestant du transit mystérieux des archives par Moscou, elle n'a trouvé que deux homonymes de son père, débiteur pour l'un d'importantes sommes d'argent, l'autre devenu assassin lors d'une partie de dés. Elle s'arrête près d'une porte-fenêtre, boit son café en observant la terrasse bordée de plans d'eau. Baissant les yeux, elle aperçoit à ses pieds, abandonné près de la porte-fenêtre, un seau avec une raclette et des produits dedans. Sur le chemin de la salle de lecture, alors qu'elle croise la femme de ménage qui retourne à sa tâche, Anna parcourt machinalement le bâtiment des yeux. Tout autour d'elle, il n'y a que ça : des vitres, vertigineuses, partout, à nettoyer. Face aux parois qui s'élèvent de tous côtés, le petit seau qu'elle vient d'apercevoir lui paraît tout à coup dérisoire, ridicule, comme sa petite mallette de plastique face au puits des archives. Elle pense à ses recherches, aux documents qui lui parviennent au compte-gouttes. Le contraste entre ses faibles moyens et le terrain qu'elle accoste lui éclate au visage et dérive à travers la baie sous ses yeux, comme une petite raclette dans un grand ciel de givre.

Là aussi, le culte de la transparence se rejoue, superbe et discret. Autour des silos à l'abri de la lumière, on a fait de ce lieu un grand palais des glaces.

Anna a vu pourtant, collées sur certaines vitres, ces gommettes rouges faites semble-t-il pour alerter les oiseaux, les prévenir de la menace. Leur dire qu'il n'y a pas là le ciel, ni des voies libres qu'on explore, mais, si l'on n'y prend pas garde, des murs qui assomment et explosent en mille petits poignards.

Anna connaît l'avertissement. L'un des premiers textes qu'elle a écrits à l'école, en CE1, tournait autour de ce danger de côtoyer les vitres. Une femme assise près d'une fenêtre saisissait une tasse de thé. Au moment où elle la portait à ses lèvres, la vitre, heurtée par un ballon, explosait. La femme, qui avait avalé des morceaux de verre brisé, était transportée à l'hôpital. C'était comme s'il y avait là quelque chose dont Anna, au moment où elle apprenait à écrire, avait voulu s'imprégner. Quelque chose qu'elle avait cherché à enfouir au fond d'elle, un peu plus loin, par les mots. Devant les grandes baies lumineuses sous leur treillis de « X », elle se dit que c'est peut-être ça que les gens aux archives essaient de déchiffrer : ces petits bris d'histoires gobés sans le vouloir et que l'on se trimballe, année après année.

En visite pour quelques heures à la réserve de Beauguillot, sur la côte normande, Anna reçoit sur son portable un appel du médecin. Son compagnon et elle cherchent depuis plus d'un an à avoir un enfant. Mais le bébé ne vient pas. Les derniers résultats ne sont pas encourageants. Anna marche sur le sable en silence. Devant elle, la baie des Veys s'étend à perte de vue, luisante à marée basse. Elle s'éloigne du rivage, zigzaguant entre les vasques d'eau, poussant dans le labyrinthe. Au fond de l'horizon, la mer commence à remonter, on entend sa rumeur. Au moment où Anna amorce le retour, une tête enveloppée d'un fichu noir se dresse sur son chemin. C'est un filet de pêche entortillé, sombre et fin, au bout d'un pieu planté dans le sable. Des dizaines de moules sont piquées, comme des broches, dans le bouillon de résille. À quelques mètres de là, d'autres filets semblables gisent par terre, arrachés par la houle aux élevages de naissains installés dans la baie. Anna tourne lentement autour de la dame noire. Son visage de bois clair orienté vers la côte est baigné de soleil. Le foulard, noué sous le menton, flotte légèrement au vent. Sur le sable, fine comme une aiguille, l'ombre projetée du cou s'étire vers le large. Anna sursaute. Sous l'effet d'un levier invisible, l'estran tout entier autour d'elle a commencé à pivoter. Une langue d'eau fine et brillante qui s'épaissit à vue d'œil est en train de l'encercler. Anna regagne en se hâtant le rempart de la dune puis la longue allée qui remonte toute droite jusqu'à sa voiture, entre les polders, les étangs aux oiseaux et les observatoires cachés dans les broussailles.

C'est un peu comme un jeu de vases communicants. Rien ne se passe vers l'aval, Anna se tourne vers l'amont. De retour à Tours, en parallèle du docteur, des rendez-vous, des traitements, elle se promène de plus en plus souvent le long de l'avenue de verre, retourne interroger des amis de son père. Un soir après dîner, son compagnon, inquiet de la voir s'éloigner, se fait catégorique : tout en elle est français, sa quête pas autre chose qu'une fiction des origines. De l'appropriation culturelle. Elle se raccroche au wagon des survivants de la guerre, des sacrifiés de la colonie, du racisme, de la misère. Mais tout cela, elle ne l'a pas vécu. Ni même observé. Son père ne l'a pas élevée, elle l'a à peine connu. Elle se réécrit transfuge, mais elle fuit la tristesse et le vide présent.

Les mots de son compagnon traversent Anna, s'enfoncent un peu plus loin. Elle sent un peu plus fort la tentation de l'effacement, sa spirale prompte à grignoter les fantômes, les nutriments qu'il leur reste, leurs grâces, leurs pirouettes. Les traces qu'Anna manipule sont faibles, équivoques. Contestables. Faut-il en tirer prétexte pour les congédier ? Ou bien les rattraper, les épaissir un peu, tenter de les déchiffrer ? Le doigt dans l'interstice, Anna peut pousser ou retenir. Son rôle là-dedans, c'est quoi ?

L'image d'un visage déformé, joues gonflées, yeux roulant de tous côtés, lui revient un instant. C'est son père qui imite le frère d'Anna tel qu'il l'a découvert, énorme, jaune, louchant, à la maternité. Il s'étouffe à moitié de rire. La naissance de son fils est son histoire préférée. Il la raconte tout le temps, la mime, en fait tout un spectacle. Puis il conclut, fier, sentencieux : « Les bébés les plus laids font les gens les plus beaux. »

Le frère d'Anna depuis est devenu prof de sport. Il pratique l'escalade, la boxe, le cadre aérien dans une compagnie de cirque. Il fait toujours rire les gens autour de lui. Il joue le clown, parade et se balance, léger au-dessus du vide. Quand Anna l'interroge sur l'Algérie, il lui dit que tout ça ne l'a jamais atteint. Il a grandi loin de leur père. Il ne se souvient de rien. Il n'a pas ce besoin de chercher, de comprendre. Il ne ressent pas de manque.

Pour certains, c'est clair, l'éducation fait tout. Il y a quelque temps, Anna a lu une interview de l'écrivaine Marie NDiaye, née de mère française et de père sénégalais. « La seule chose qui change quand on a une origine africaine, estime-t-elle, c'est qu'on est noir, c'est visible. Mais c'est tout. J'ai été élevée dans un "univers 100 % français". Dans ma vie, l'origine africaine n'a pas vraiment de sens – sinon qu'on le sait à cause de mon nom et de la couleur de ma peau. » Anna et son frère, quant à eux, n'ont reçu ni le nom, ni l'éducation, ni les signes physiques des peuples chaouis auxquels appartenait leur père. Doivent-ils penser eux aussi que leur origine africaine ne signifie plus rien ?

Anna sent quelque chose de physique se cabrer, se contracter, comme pour rappeler sa présence. Que fait-on, se dit-elle, de ce corps dont la moitié du génome, ce tatouage que l'on porte au revers de la chair, vient pourtant de là-bas ? Si leur père ne les a pas élevés, ne leur a rien transmis, cela annule-t-il l'idée même de filiation, d'une histoire commune ? Anna repense au peuple de machines électromécaniques dont un magicien célèbre de la région, Robert-Houdin, avait truffé son parc, faisant de celui-ci un grand jardin truqué : porte parlante, lampes détectrices de présence, boîte aux lettres intelligente, pavillons magiques, arbre creux diabolique, théâtre de spectres optiques. De place en place, au détour des chemins, Robert-Houdin avait habillé de figures fantastiques ses prouesses techniques. Il appelait ces entrelacs de science et de folie des « organisations mystérieuses ». Serions-nous, se demande Anna, comme Robert-Houdin et ses machines magiques ? Des créatures que l'on croit éduquées, déterminées dans leurs moindres rouages mais qui servent néanmoins de passerelles au mystère, de canal pour tout ce qui prolifère, déjoue les mécaniques ?

Anna ne sait pas ce que son père a rapporté de l'autre côté de la mer, ce qu'il leur a transmis. Ce qu'elle manipule n'a peut-être, comme le dit Marie NDiaye, pas vraiment de sens. Mais elle sait, Anna, que ça a de la puissance. C'est une présence sur le seuil qui projette son ombre, fait entendre son souffle. Une force en va-et-vient, comme la Loire à sa porte qui parfois se rétracte, parfois enfle et déborde.

Anna se voit soudain sous les traits d'une petite silhouette noire. Elle ressemble à la Fantômette de son enfance, avec son loup sombre, sa capuche et sa trottinette électrique. On l'accuse d'être une voleuse. Anna dans son costume doit prendre la fuite. Réfugiée dans un coin, elle tente d'enlever sa combinaison, mais celle-ci lui colle à la peau. Elle est tatouée sur son corps. Il n'y a plus de vérité, hormis celle du vol, du masque, de la fuite.

Sur le parvis de la Maison de la magie, près du château de Blois, Anna regarde les dragons postés derrière les fenêtres. À travers les balcons, elle distingue une pupille ou un pan de cuirasse. Dans quelques minutes, comme toutes les demi-heures, les monstres jailliront de la façade en rugissant et en roulant les yeux. Placée à quelques mètres au-devant de la maison, une petite statue s'élève, fière et blanche, à peine visible, une main posée sur la hanche, l'autre avançant vers les passants des doigts longs et fins, à demi dépliés. C'est celle du prestidigitateur Robert-Houdin – le père du jardin truqué –, originaire de Blois, connu dans le monde entier.

Anna a grandi dans la région. Elle avait 13 ans quand la Maison de la magie a ouvert, avec sa horde de dragons ponctuant les demi-heures. Son grand-père à elle, Hadj, avait été sorcier lui aussi, là-bas, en

Algérie. Un marabout, un guérisseur, c'est ça qu'on lui avait dit. Anna se souvient d'une photo de Hadj, enveloppé dans une grande cape rouge, qu'on lui avait montrée. Puis la photo s'était égarée, on ne l'avait jamais retrouvée. Plantée devant la statue de Robert-Houdin et son troupeau de dragons, Anna se demande quelle sorte de tours accomplissait son grand-père, quels étaient ses pouvoirs et comment la guerre s'était emparée d'eux. Ça peut être beaucoup de choses, un marabout. Quelqu'un qui soigne par les plantes, la musique, les djinns, le contact de ses mains ou des versets du Coran inscrits sur de petits bouts de papier. Son grand-père était pauvre, c'est tout ce qu'elle sait. Y avait-il néanmoins un lien entre sa magie et sa mort, était-il devenu, pour des caches, des chemins, des remèdes convoités, un instrument de la guerre sacrifié par l'un ou l'autre camp ?

Souriant dans sa redingote, le prestidigitateur de pierre dressé devant Anna a rencontré les marabouts anciens du monde de son grand-père. C'était en 1856, trente ans avant la naissance de Hadj. Robert-Houdin avait reçu une mission de la part des autorités françaises. Se rendre en Algérie pour démontrer sa force, sa supériorité. Faire comprendre, alors que de violentes révoltes secouaient la colonie, que les tours des marabouts qui fomentaient ces troubles n'étaient pas des miracles divins mais des « enfantillages ». Qu'il n'y avait rien de tel, en fait de sorciers, que les Français. Et que ceux-ci étaient d'ailleurs – c'étaient les termes de la lettre de mission – « supérieurs aux Arabes en toutes choses ».

Anna comprend mieux maintenant pourquoi la Maison de la magie trône, seule sur l'immense parvis, en face du château de Blois. Avec Robert-Houdin, la prestidigitation, la fée électricité et toute la cohorte des génies industriels avaient formé un terrain où la guerre était venue se poursuivre par d'autres moyens. Lorsqu'elle avait lu le récit fait par le magicien des représentations données en Algérie, Anna avait eu le sentiment d'assister à des scènes de combats. Séance après séance, pour prouver son invulnérabilité, Robert-Houdin se fait tirer dessus. Chaque numéro est pour lui, écrit-il, « un coup de fouet » donné à l'assistance. Un soir, il se félicite de voir les bras d'un adversaire retomber, sa tête se pencher sur sa poitrine, « comme s'il eût été anéanti ». D'autres fois, le magicien déplore l'incrédulité ou l'abattement de ses spectateurs, semblables à « des figures de cire ». Sous le coup de puissantes décharges électriques, ceux qui ont osé le défier « tombent à genoux en poussant un cri de douleur ».

À l'issue de son voyage, Robert-Houdin reçoit un beau diplôme enluminé, portant le sceau des chefs des grandes tribus arabes. « Le destin aux généreuses mains, du milieu des éclairs et du tonnerre, a fait tomber d'en haut, comme une pluie forte et bienfaisante, la merveille du moment et du siècle, celui qui cultive des arts surprenants et des sciences merveilleuses, le sid Robert-Houdin. Notre temps n'a vu personne qui lui soit comparable. Nous devons abaisser nos fronts devant lui et lui rendre hommage, tant que la pluie bienfaisante fécondera la terre, tant que la lune éclairera les nuits, tant que les nuages viendront tempérer l'ardeur du soleil. »

Et si la colonisation, s'était dit Anna, n'avait été d'un bout à l'autre qu'une gigantesque campagne de prestidigitation, de façades que l'on renverse, de poudre que l'on jette aux yeux, de corps qui disparaissent ? Et si la mission de Robert-Houdin l'avait après tout révélée dans ses rouages profonds, ceux d'une grande machinerie à escamotage, pleine de facettes et de miroirs ?

À Blois, Anna avait pu voir une copie du diplôme. Elle se souvient des deux versions, arabe et française, présentées côte à côte dans deux grandes ogives surmontées d'un croissant, enveloppées d'arabesques et de feuillages vieil or. Sur la moitié gauche du document, les lettres arabes déroulaient un tissu serré et éclatant au-dessus des empreintes épaisses et ciselées des cachets. À droite, le texte de la traduction française avait presque entièrement disparu. On aurait dit qu'il s'était effacé avec le temps ou qu'il avait été dès le début inscrit à l'encre invisible, comme si les lettres avaient la charge d'absorber, de résorber la louange, de l'enfouir quelque part à l'abri des regards, dans l'épaisseur du papier. Hadj avait-il, dans sa jeunesse, entendu parler des prouesses du marabout Robert-Houdin ? Y avait-il eu quelqu'un pour chanter sa louange à lui ? Anna repense à ce texte que son père écrivait en lettres transparentes puis effaçait, chaque jour, sur les parois des vitres. Y avait-il aussi pour Hadj, quelque part dans le verre, un texte de grâces rendues, à demi effacé ? Ou bien le massacre avait-il agi jusque-là, pénétrant les tissus et les alchimies sombres de la mémoire ?

À travers le parvis, le bruit soudain d'une percussion fait sursauter Anna. Sur la façade de la Maison de la magie, le battant d'une fenêtre claque et une tête de dragon paraît, bientôt suivie d'une autre. Des sifflements aigus fusent, les dragons ouvrent grand la gueule, tendent le cou vers le sol, avancent une longue patte dorée sur le rebord de la fenêtre tout en humant l'air. Dans le grenier tout en haut, une longue queue à bout d'ogive sortie d'un œil-de-bœuf se tortille vers le ciel. On entend des cris d'enfants. Quelque part, les coups de tonnerre métalliques continuent de résonner. Les mâchoires des dragons s'entrechoquent avec un bruit de ferraille, la musique dans laquelle des cornets à pistons s'invitent se fait grotesque. Une voix d'homme robotique retentit et, alors qu'elle profère des paroles incompréhensibles, les têtes des dragons se lèvent et se rétractent, comme aspirées lentement vers l'intérieur de la maison.

Ce sont deux armoires métalliques grises de taille moyenne, modèle années 60, dans un petit bureau au plafond assez bas. On y range d'habitude des chemises cartonnées et des boîtes de classement. Anna en a connu une toute pareille, à Blois il y a longtemps, chez ses grands-parents français. Quand elle la touchait, la tôle s'ébrouait dans un bruit sourd, un roulement de tambour. L'armoire paraissait gigantesque tout à coup. C'est là que son grand-père stockait les milliers de dessins au pastel qu'il avait réalisés, jour après jour, pendant près de trente ans. Parmi eux, quelques paysages. Mais surtout, comme il l'avait inscrit au crayon à papier sur la tranche des dossiers, beaucoup de « têtes » et de « multi-têtes ». Elles mettaient son entourage un peu mal à l'aise, alors il les empilait et il les cachait là.

Enfant, Anna avait cherché à l'imiter. Elle le voyait tout le temps travailler à sa table. Alors elle s'était installée à côté de lui, avec des feuilles et des pastels. Elle s'était mise elle aussi à dessiner des têtes. Des années plus tard, dans la foule des métros, des manifestations, elle retrouverait ce qui peuplait les pastels de son grand-père : des visages qu'on voit mieux rassemblés en bouquets, des faces roulant sur une mer de membres emmêlés. Aujourd'hui, Anna cherche la multitude de Hadj et de ses doubles, les mues qui l'enveloppaient. Tout ça sommeille parfois dans les plus drôles d'endroits.

Sur l'écran d'ordinateur d'Anna, les armoires que filme la caméra ont un air familier et étrange à la fois. Elles ont une petite étiquette rouge collée dans l'angle supérieur droit. Un monsieur en costume et moustache, les mains croisées, l'air pensif, explique leur contenu au journaliste. C'est ici, dans les sous-sols du musée de l'Homme, derrière ces portes gris métal, que s'empilent les têtes de dizaines de chefs indigènes algériens tués et décapités par la France. Parmi elles, il y a celle d'un chef de la région de Hadj, Bouziane, fichée en 1849 en haut d'une pique aux côtés de celle de son jeune fils, parmi des monceaux de cadavres, de maisons détruites et d'arbres arrachés. Le traumatisme causé par le saccage, à quelques kilomètres de là où vivait Hadj, marquerait les tribus du pays, dispersées et dépouillées sur des générations.

Plus de dix ans auparavant, le général Bugeaud et ses officiers, convaincus que la « civilisation » ne s'imposerait que par la guerre totale et la plus grande violence, avaient transformé l'armée en force dévastatrice. Camouflée dans l'histoire officielle, cette doctrine exterminatrice resterait décrite dans des correspondances militaires de l'époque. Pour le ministre de la Guerre, Jean-de-Dieu Soult, « c'était une stratégie bien conçue. Elle consistait à détruire toute forme d'opposition en affamant le pays par la dévastation, la confiscation des récoltes et du bétail, en brûlant les hameaux et les villages, en massacrant le plus grand nombre possible de personnes, combattants ou non, en répandant une telle terreur qu'ils se soumettraient ou disparaîtraient ». À la naissance du père d'Anna, cent ans plus tard, dans les années 40, toutes les femmes d'Algérie agitaient encore devant leurs enfants le spectre de Bugeaud sous les traits de Bouchou, un ogre sanguinaire.

Sur l'écran devant elle, Anna contemple l'image des deux armoires grises adossées contre le mur. Tout autour, la pièce sans fenêtre est remplie de grands cartons, de tables, de ramettes de papier. Quelques années plus tôt, face à la polémique, il avait fallu retirer d'urgence les têtes de la vue du public. On les avait mises là. Ce doit être une loi qu'Anna ne connaissait pas. Au musée de l'Homme, dans le métro ou chez son grand-père, sur la planète entière, les têtes prospèrent et se camouflent dans le terne et le gris.

Celles du musée de l'Homme ne sont pas, contrairement à celles de l'armoire de Blois, un tourbillon de couleurs torturées et grasses sur du papier A4. C'est une tribu étrange, une hydre – asséchée, ossifiée – qui révèle ses contours. Des têtes sont momifiées, d'autres à l'état de crânes. Parfois, des signes distinctifs, une dent, une entaille au-dessus de l'œil, les rendent reconnaissables. Détenues d'abord par des collectionneurs privés, elles sont devenues depuis 1980 biens inaliénables de l'État français au sein d'un gigantesque ensemble de 24 000 restes humains, dont 18 000 crânes issus de missions coloniales du XIXe siècle. 500 seulement d'entre eux ont pu être identifiés. Parmi eux, on a trouvé les têtes de victimes amérindiennes de zoos parisiens, 8 Kali'na de Guyane, exhibés au Jardin d'acclimatation et morts de froid en 1892. Ainsi que, au total, 68 têtes algériennes.

Le reportage n'allant pas plus loin, Anna lit la suite dans les journaux. En 2020, pour apaiser les trouble-fête qui refusaient qu'un bourreau joue le rôle de vestale, 24 des 68 têtes conservées dans les deux petites armoires du bureau du musée de l'Homme ont été inhumées en Algérie. Bientôt, si une loi dédiée n'est pas votée, le retour des têtes algériennes effectué pour cinq ans sous forme de dépôt sera rendu caduc.

Enfouies, à plusieurs mètres de profondeur, dans leur beau cercueil couvert du drapeau algérien, enveloppées de tous côtés par cette terre qu'elles ont défendue, les têtes de Bouziane et de son fils retomberont dans les mains souterraines de la France.

À l'époque, autour d'eux, pas un révolté n'avait survécu à l'assaut final. Soixante-dix ans après, il ne restait quasiment aucune trace à l'emplacement du massacre : un abricotier sauvage, une colonne écroulée, des palmiers, quelques bosses de terre en lieu et place du village fortifié. Le nom même du site avait disparu des cartes. En 1849, la dévastation de Zaatcha n'avait pas brisé l'insurrection qui, chaque décennie, renaissait devant l'ennemi sous de nouvelles têtes. Triomphe sur le plan du merveilleux, la tournée de Robert-Houdin de 1856 avait été un échec sur le plan politique. Le beau diplôme enluminé avait eu beau célébrer les savoirs bienfaisants du magicien et son génie sans limites, les marabouts du pays, loin d'être défaits dans leurs pouvoirs, continuaient plus fort que jamais à fomenter des révoltes. La colonie s'était prise à son propre jeu illusionniste. En 1879, quelques années avant sa naissance, la tribu de Hadj elle-même s'était rebellée à travers la vallée d'El-Abiod. Cruellement défaite, elle avait été dépossédée de ses terres et de ses greniers.

Peut-être qu'Anna ne saura jamais qui a assassiné son grand-père Hadj, ni de quelle force le cancer qui a frappé son père était le nom exact. Elle sait autre chose pourtant : ces deux hommes, pour elle, comme Bouziane et son fils, sont les têtes émergées de l'iceberg colonial. Ils donnent un visage à sa foule innombrable.

Anna se souvient de cette nuit d'été, quelques mois auparavant. Les grenouilles chantaient. Par la fenêtre ouverte avaient fusé des hurlements soudains : des voix maghrébines s'interpellaient, violentes, martelées. Leurs cris déments ricochaient sur le quai le long de la Loire. Dans la nuit noire, chaque éclat de voix brassait le sang d'Anna. Elle avait mal pour son père. Son grand-père. Un grand silence était tombé d'un coup. Dans le ciel, les constellations étaient éclaboussures. Les grenouilles se taisaient aussi. Anna avait l'impression qu'elles guettaient, comme elle, le retour de la clameur. Si longtemps après, les voix des ancêtres hurlaient encore. Les têtes de leurs enfants roulaient toujours dans les rues. Et leurs cris jaillissaient, par les belles nuits d'été, des fenêtres hurlantes.

« Pourquoi je te ferais pas un sourire ? Bien sûr je te fais un sourire. » Anna ralentit le pas et regarde par-dessus son épaule. Derrière le stand de fruits et légumes, c'est la première chose qu'elle voit. Le sourire du vendeur maghrébin face à son client, peau blanche et grand manteau, un homme aux cheveux grisonnants avec de la stature, un chapeau, de l'argent. Elle le voit, ce sourire, qui barre le visage du vendeur quand tout le reste tremble un peu. Elle voit les yeux brillants de qui veut rassurer, les mains ouvertes de celui qui montre qu'il n'a pas d'armes – parce qu'on l'a une seconde, pour rire, suspecté d'en avoir.

On était peut-être invisible, mais il fallait sourire. Devant les dents blanches, et sans doute parce que le vendeur lui ressemble un petit peu, Anna repense à son père, à ses clients qui insistaient toujours tellement sur sa bonne humeur, sa joie – « c'était notre rayon de soleil ». L'image la traverse du tirailleur sénégalais hilare sur les paquets de Banania. Et si ces sourires gaufrés, rigides et sucrés étaient un relent ultime de la guerre, quelque chose que l'on dégaine encore comme un geste réflexe ? Au marché, sur les terrasses, devant les vitrines, le sourire est la courbette obligée, le signe instinctif et réitéré d'un très vieux cessez-le-feu. Il est le point de suture du monde post-colonial, sa rive gondolée où l'on se faufile encore, sans trop savoir pourquoi.

Le sourire est essentiel, pour prétendre que tout va bien, sauver les apparences. Faire comme si la colonie n'avait pas existé. Comme si tout cela était loin, à présent que l'on est entre grandes personnes, mûres, responsables, qu'on a passé l'éponge. On se raccroche à l'idée d'égalité, et de passion commune, surtout. Il veut que ça sourie, le client, parce que penser à l'Algérie de son enfance le remplit de nostalgie. Il veut revoir briller dans le sourire du vendeur l'image des marchés d'Alger, même s'il ne les a pas connus directement peut-être, on lui a raconté. Il veut la vue scintillante des souks, des bords de mer, l'exotisme et la vitalité idéalisés de l'Orient.

Il y a pourtant, et tout le monde le sait, mille raisons de ne pas sourire, que les dents du vendeur cachent en rangs serrés, dans un sourire qui dit que l'on avance. Qu'on vit, qu'on mange, qu'on vend de quoi manger, dans un monde dont on sait pourtant qu'il se répète. Le sourire est un croissant qui tremble, on lui met des rivets pour qu'il ne s'affaisse pas. Parce que ce sont toujours les mêmes, on le sait, qui manient la langue, la mémoire, l'ironie, ou vacillent devant elles. Parce que certains parfois, comme ce matin-là, distribuent en passant de petits coups dans le sourire, comme ça, pour voir s'il tient bien. À demi sérieux, ils prétendent, comme ce matin peut-être, que c'est bête. Que c'est individuel. Que ça n'a pas de passé et pas de conséquence, de sourire. Ils prétendent que ça ne dit rien. Ne masque rien. Ils prétendent, et ils s'accrochent à ça, que le sourire s'abstrait de toutes les circonstances, qu'il n'est pas sérieux. Alors que tout le monde sait bien que ce n'est pas un jeu. Que les sourires sont graves, profonds comme des puits. Et que, tout en bas, leurs parois aussi sont entachées de boue, de sang et de violence.

Anna s'apprête à tourner les talons et à reprendre sa marche quand quelque chose, d'autres petites dents blanches la retiennent, quelques secondes encore. Elle repense au bébé de son amie Louna qu'elle garde de temps en temps. La semaine précédente, alors qu'elle lui donnait le biberon, Anna s'était mise à sourire distraitement. Le bébé avait élevé sa petite main et, l'index pointé en avant, il avait commencé à lui toucher tout doucement les dents. Comme s'il essayait d'inspecter son sourire, de trouver au-dedans quelque chose à saisir. Du bout de son doigt potelé et minuscule, il tapotait sur l'avant, l'arrière des dents, suivait le tracé des lèvres. Il regardait d'où pouvait bien venir ce sourire. Il en sondait les creux, les pleins, les parois, cherchant quelque part une notice, des instructions en braille. Et si c'était dans la bouche quelque chose de tangible, de comestible peut-être, qu'on pourrait attraper et grignoter un peu, qu'on pourrait mâchonner pour voir quel goût ça a ? Un petit rire discret s'était échappé de la gorge du bébé, laissant apercevoir six petites quenottes. Ses yeux brillaient. Il était peut-être tombé sur quelque chose, une poignée, un bout, une anse. Le sourire d'Anna s'était élargi. Et le bébé, concentré, avait repris le fil de sa quête silencieuse.

Quand une vitrine, touchée par un pavé ou un coup de poing, subit un impact d'une rare violence, il arrive que des craquelures surgissent en surface, empruntant la forme d'une toile d'araignée. Anna l'a constaté à plusieurs reprises. C'est comme si la brutalité révélait dans le verre une sorte de tissu caché. Une résille de liens secrets traversant les vitrines qui les inscrirait, par-dessous leur croûte impeccable et lisse, dans les filets inextricables du monde. Anna y pense lorsqu'elle aperçoit, dans l'angle d'une devanture, une araignée chahutée par le vent remuer doucement une patte au-dessus du vide, étirant sa toile vers l'extérieur, tentant de l'arrimer à quelque chose de solide. En travers des baies, dans les angles, Anna repère des fils amassés, amollis, au bord de la décomposition. Elle les imagine pénétrant dans la glace et se déposant, lentement, tout au fond.

Les devantures de magasins sont conçues d'ordinaire pour certains objectifs : attirer les clients, exposer des articles. Donner à la boutique un visage uniforme, afficher des annonces. Sur l'avenue de verre, Anna observe par moments les vitrines changer dans leurs fonctions. Les jours de manifestation par exemple. Depuis ses années de lycée, Anna a fait partie d'un bon nombre de cortèges. Elle a vu les vitrines reluisantes de l'avenue disparaître dans la foule, être avalées par elle, devenir presque invisibles. C'est dans ces moments-là, pourtant, qu'on aime s'en prendre à elles. Quand elles sont en colère, indignées ou trahies, certaines foules les choisissent pour ennemies, s'y cognent, font éclater en vrac leurs richesses retenues, leur clinquant, leur provoc, les faisant s'effondrer dans une pluie de cliquetis. Les journalistes et le public aiment ça souvent aussi : voir des vitrines soufflées, les prendre pour étalon de la violence sociale. Chiffrer et déplorer la casse en profitant du spectacle de ce verre explosé qui scintille sur le sol comme si c'était Noël.

Anna a entendu parler de Saint-Gobain, leader mondial du verre plat et parmi les fournisseurs majeurs de vitrines du pays. L'entreprise a fabriqué pendant longtemps du verre en Algérie. Deux ans avant la naissance de son père, en 1942, Saint-Gobain avait construit à Oran l'usine des verreries de l'Afrique du Nord, qu'elle avait perdue à l'indépendance, rachetée en 2011 puis revendue à nouveau. Anna se demande parfois, en longeant l'avenue de verre, lesquelles de ces enseignes qui défilent sous ses yeux ont travaillé et prospéré dans l'Algérie française. Lesquelles ont mis à profit le système colonial pour prélever des richesses, lesquelles ont grandi élevées par ses sujets, nourries par sa violence. Lesquelles drainent aujourd'hui encore dans leur métabolisme des lambeaux du pays. Et quelles têtes, quels musées de l'ogre on trouverait peut-être dans leurs vitres si l'on grattait un peu.

Anna est passée plusieurs fois, loin des beaux magasins, devant une petite épicerie bric-à-brac qui donne sur l'avenue. Une vingtaine de bustes de mannequins exposés en vitrine présentent des perruques de coupes et de couleurs différentes. Constellé de traces de cette mélasse utilisée dans les mélanges à chichas, le verre floute les rangées de têtes. Seuls des fragments, des fronts, un œil, la ligne d'une mâchoire, percent le nuage gras. Avant la polémique, Anna l'a lu, une vingtaine de têtes de chefs algériens avaient été exposées des années en vitrine du musée de l'Homme. Certains jours, la vision s'imprime sur sa rétine, la poursuit et s'invite tout le long de l'avenue, hantant les devantures.

C'est à Blois qu'Anna en prend conscience, l'année des 60 ans des accords d'Évian, dans une exposition sur la guerre d'Algérie. Loin de l'avenue de verre, de la foule, des marchandises, les vitrines servent à ça aussi : présenter des bouts de mémoires, les rendre lisibles, digestes. Les agrandir sous le verre d'une valeur qu'on ne leur donne pas ailleurs. Dans les salles de l'expo s'alignent des casques de soldats, des lettres, des journaux d'opération, des fichiers de recensement. D'ordinaire, tout ce qui est là repose dans des silos d'archives ou dans des cartons chez des particuliers. Glissés dans leurs cassettes transparentes, les objets prennent soudain une autre dimension. Certains ex-soldats dont les possessions s'exposent en vitrine vivent cela comme une mue troublante. Dans le livre d'or, un ancien appelé résume d'un ton mélancolique – « aujourd'hui c'est l'Histoire, hier c'était ma vie » –, comme incapable de savoir de quel côté du verre il préférerait se tenir.

Anna aurait aimé pouvoir amener son père au-devant des vitrines. S'il n'était pas parti d'Algérie sans rien prendre, lui aussi aurait peut-être voulu abriter là certains de ses souvenirs, y déposer pour un temps un peu de ce qui blesse. Après tout, l'avenue de verre se retrouve aussi parfois à exposer des traces, des restes de documents. Dans des vitrines désertes, certains grands panneaux blancs vidés de leurs affiches demeurent longtemps sous les yeux des passants. On peut voir sur le verre ces signes, ces minuties aussi fines que ce qu'il reste à Anna – comme l'histoire de son grand-père, passée à un cheveu de la disparition. Toute l'ironie est là : le plus atroce est aussi chez elle le plus invisible, ce n'est rien de plus qu'un fil, prélevé dans un commentaire sur le Net, qu'elle tient entre ses doigts. Quand Anna trouve des fois sur l'avenue un cheveu, un poil, une soie d'araignée en vitrine, quasi invisibles, c'est comme un étrange rappel de ce qui l'a amenée là.

En parcourant l'exposition, Anna se demande ce qu'elle aurait voulu montrer. Le certificat de mariage de ses grands-parents. Un œuf en porcelaine brisé. Une raclette, un mouilleur. L'une des têtes à perruque du petit bric-à-brac. Et des bouts de vitrines, des éclats de l'avenue de verre, ce grand œil aveugle et resplendissant que nettoyait son père.

Anna se revoit soudain, une semaine plus tôt, dans le cabinet du médecin. Un long cycle d'examens médicaux venait de toucher à sa fin. Le docteur lui a parlé d'une technique éprouvée pour avoir des enfants. *In vitro*, ça s'appelle. Les gamètes sont mis en présence dans des boîtes transparentes. Quand on obtient un embryon, on le transplante dans une éprouvette et on le fait pousser là, à l'abri de l'extérieur, entre des vitres. Anna le réalise soudain. Elle s'est fait rattraper. Son corps et celui de sa descendance seront là, bientôt, au chaud dans un bocal. Étreints par l'avenue de verre. Anna le sait maintenant. Elle n'a peut-être pas son nom, sa langue, ni sa culture. Mais elle est bien la fille de son père.

À pas lents, Anna longe les vitrines. Elle scrute la surface du verre. C'est bientôt Noël, des flocons et des couronnes ornent les devantures. Dans la glace, sa silhouette traverse des forêts de branchages argentés. Anna approche son visage d'un décor. Les motifs sont collés sur du film plastique. Au centre du dessin, le E boursouflé du mot « FÊTE » se détache légèrement. Plus tard, quand le film sera retiré, il laissera ces traces de pansement arraché qu'Anna retrouve régulièrement le long de l'avenue de verre.

Tous les trois ou quatre pas, elle s'arrête et s'approche de la paroi. Elle ne remarque pas son image dans la vitre, un revêtement antireflet absorbe la lumière, guidant les yeux des passants vers l'intérieur des boutiques. Ce qui l'intéresse, c'est cette peau de verre qui recouvre l'avenue. Ses traces, ses signes. Ses cicatrices. Parvenue à quelques centimètres, Anna sent son regard se plier, s'aplatir contre le panneau. Peu à peu, il prend la forme d'un lierre, avec ses petits crampons il entame l'ascension, à l'affût de tout ce qui pourrait constituer une prise : une marque, une saleté, une fêlure.

Anna tourne la tête, scannant rapidement la surface à l'horizontale, de la droite vers la gauche. Elle l'a remarqué, les vitres se lisent mieux de biais, les yeux coudés, glissant au ras du verre, parcourant ses épaisseurs. La plupart des vitrines aujourd'hui sont faites comme des sandwichs, de feuilles de verre et de plastique superposées. En les regardant attentivement, on peut voir en elles ces différentes dimensions, toutes ces transparences collées les unes contre les autres. Certains petits éclats apparaissent en surface, mais si l'on ajuste la focale on s'aperçoit que la faille touche l'une des couches intercalaires, à l'intérieur de la vitre. On le voit aussi à ces petites araignées qui gesticulent dans les angles. Leurs corps se reflètent plusieurs fois. Quand elles bougent, le moindre de leurs mouvements se répercute et s'enfonce dans la glace. Même les vitrines, se dit Anna, ont leurs strates souterraines, leurs doubles fonds. Leurs silences.

La plupart du temps, les cueillettes minuscules d'Anna à la surface du verre ont lieu tôt le matin. Les boutiques sont encore fermées, mais la ville regarde quand même. Anna l'a remarqué. Inspecter les vitrines se fait souvent sous l'œil des caméras de surveillance. Peut-être que quelqu'un, tout à l'heure, la voyant papillonner le long de l'avenue, se demandera ce qu'elle fabrique. Anna n'y avait jamais pensé, mais son père, à partir d'une certaine époque, les années 2000 sans doute, travaillait toute la journée devant ces caméras. Il paraît qu'une loi oblige les magasins à détruire sous trente jours leurs films de télésurveillance. Comme celle de Pénélope, cette toile d'images se défait aussi vite qu'elle se forme. Anna se prend à rêver que la mesure a été mal appliquée et que, quelque part encore, dans la mémoire feuilletée de l'avenue de verre, les images de son père sont toujours là, des milliers d'heures d'images, des millions de gestes et son visage, jour après jour, légèrement différent. Elle imagine que tous ces films sont encore accessibles, gravés quelque part sur des disques, tombés, au fond des tiroirs, dans le subconscient de la ville.

Quand son père parlait à Anna de l'Algérie, on aurait dit, parce qu'il l'avait quitté, que le pays lui-même s'était exilé quelque part. Qu'il s'était transporté dans une terre inaccessible, irréelle. Hadj et Fatima, ses parents, n'étaient jamais partis. Avec eux, Anna sent quelque chose de stable de l'autre côté de la mer. Une passerelle entre elle et l'Algérie, la guerre, la colonie. Tout n'appartient pas encore tout à fait au passé, aux reflets décharnés de la grande avenue de verre. Il y a encore là-bas, en pays chaoui, quelque chose qui pèse, des villages, des montagnes, des pâturages. Des vallées reculées et encaissées où a mijoté, même si ça ne se voit pas, une partie de son sang, de ses traits, de ces visages mobiles et intérieurs, sous la peau, que l'on appelle « pensées ». Tout cela aussi s'est préparé là-bas, dans le grand bouillonnement de la montagne. L'Algérie n'est pas un socle immobile et fermé. Un pur réservoir d'ADN. C'est aussi un grand cratère de peurs et de résistance, de douleurs et de vitalité. Quelque chose ne s'y replie pas sagement dans des boîtes, dans un génome ou sous la terre mais continue de courir, de rouler sur les vagues, à la surface du sol.

Anna cherche les villages de Hadj et Fatima, leurs emplacements, leurs noms. Elle sort à nouveau les papiers de son père. L'état civil colonial était peu adapté aux cultures essentiellement orales du territoire algérien. Ses données sont glissantes. Dans le cas de Hadj, un problème se pose. Anna a trouvé pour lui deux dates de naissance différentes, à onze ans de distance. La mise au monde de Hadj n'est pas un événement moulé en forme de point : elle s'est diluée, étirée dans le temps. Elle a acquis, aux sens métaphysique et mathématique du terme, une dimension spectrale. On l'a raconté à Anna. Dans le pays de son père, il arrivait qu'un nouveau-né reçoive pour prénom et date de naissance ceux de son frère aîné si celui-ci, décédé, n'avait pas été déclaré. Anna se demande dans ce cas lequel absorbait l'autre. C'était comme si le mort mourait une deuxième fois. Mais c'était aussi le vivant, lui semble-t-il, qu'on vidait de sa substance, de sa réalité, lorsqu'on le glissait sans bruit dans l'habit du défunt.

Son grand-père faisait-il partie de ces morts-vivants nés dans la colonie ? Les ancêtres d'Anna et les scribes de l'Algérie française avaient-ils, du point de vue de l'état civil, transformé Hadj en être de fiction ? Anna revoit la photo de son père dans le désert tunisien avec ce double noir et blanc tendu sur la poitrine. Transmettait-on de père en fils l'art de se dédoubler, de multiplier les histoires et les visages cachés ? « L'être qui naît est une foule innombrable, que la vie réduit bientôt à un seul individu : celui qui se manifeste et meurt. » Depuis l'adolescence, Anna a ruminé cette phrase d'André Gorz, l'a réveillée dans maints contextes. Cette clef dans son trousseau lui ouvre subitement les montagnes algériennes. Il lui faut remonter à l'hydre qu'est son grand-père. Là-bas, dans ces hauteurs, c'est la tribu qui compte. Il y a quelque temps, un ancien ami de son père en a retrouvé le nom. Dans la foule innombrable, le visage de Hadj se déploie en plus grand.

La tribu des Ouled Daoud était depuis des siècles une tribu de nomades occupant le territoire montagneux de l'El-Azreg, au nord-est de Biskra, le long de la vallée de l'oued El-Abiod. Ils vivaient la plupart du temps sous la tente, alternant selon la saison agriculture et élevage, faisant halte pour l'hiver dans des villages qu'ils avaient fondés au fil des transhumances. Pour les anthropologues coloniaux, les Ouled Daoud et toutes les tribus des Aurès étaient des peuples aux rythmes et aux plis quasi géologiques, aux mondes sculptés à fleur de roche. Anna lit dans les livres les noms de leurs villages. *L'Épaule rouge. Les Terres blanches. Le Voile. La Femme. La Fièvre. Les Roseaux. La Gorge de Zidane. La Visite. Les Gourbis. La Forteresse blanche. La Montée. L'Attente.* Pour chacun d'eux, c'est comme un visage, sous la pierre, qui ouvre lentement les yeux.

Anna a longtemps cru que le nom de son père, Baloul, était un patronyme humiliant. Et certes, en arabe, ce nom signifie « l'idiot », « le simple d'esprit », « le fou ». Mais son père est né dans la langue berbère, en territoire chaouia. Là-bas, son nom désigne tout autre chose. Un lieu, le fief des Daoud, vaste grenier fortifié et sanctuaire de huit étages, dressé sur un piton rocheux. Circulant des Aurès au Sahara, les familles de la tribu y convergeaient autrefois. Elles y stockaient les réserves nécessaires pour plusieurs années, y enterraient leurs morts, y faisaient des festins pour célébrer les mariages et les circoncisions. C'était la banque de la tribu. Son ventre. Un vaisseau qui, même fixe, la propulsait loin à travers les terres par la force de sa panse.

L'existence de Hadj et de sa famille s'était d'abord enregistrée en mouvement. Ces va-et-vient la rendaient en grande partie insaisissable, en complet décalage avec les domiciles fixes et l'horloge mécanique réglant la colonie. L'origine d'Anna n'est pas un point, une maison, un village. C'est une étendue plissée pleine d'anfractuosités, une constellation de chemins, de haltes, de pâturages. Avec la tribu, Anna l'a compris. Son origine a la forme d'un territoire. Ça donne des volumes et des reliefs bizarres à la mémoire, comme un grand polyèdre à loger dans sa tête.

Le temps aussi, dès lors, devient indomptable. Plus profond, incertain. Avant d'être magicien, Robert-Houdin avait étudié l'horlogerie. Il avait d'abord été le maître des pendules. Quelque part, la grande machine illusionniste de la colonie était là également, dans ce temps minuté, bien réglé, dont les aiguilles, petit à petit, avaient quadrillé le pays. Les existences, aussi, concurrençant peu à peu ces caïds et marabouts désignés en berbère comme « les maîtres de l'heure ». Dans la famille d'Anna, le temps s'était fait au fil des ans de plus en plus précis. Les êtres de plus en plus fins, de moins en moins spectraux. La grand-mère d'Anna, née en 1917, et son père, né en 1941, n'étaient plus à leur naissance grands et épais comme un dixième de siècle. Sur la frise, on avait repéré des places où les glisser. Une année, puis un mois, un jour, une heure, l'espace était de plus en plus petit dans le calendrier.

La guerre d'Algérie, pourtant, avait inversé d'un coup cette mécanique huilée. À sa mort, Hadj était à nouveau tombé dans le temps, dans un trou aussi profond que celui de sa naissance. Anna n'a pour lui aucun acte de décès. Pas de date, de lieu, de circonstances. Pas de corps. Happés dans les grandes mâchoires de la guerre, le début et la fin de la vie de Hadj s'évadent dans le flou.

Sur l'estrade de l'amphithéâtre, Anna marche dans les images. Son ombre se déplace dans des palmeraies, des petits chemins de terre, des vergers d'amandiers. Son ombre fait un trou dans les paysages derrière elle, une porte noire que les étudiants suivent lentement des yeux. La peau, les vêtements d'Anna devant l'écran se recouvrent de feuilles, de pétales neige ou de bosselures ocre.

C'était il y a quelques années, le premier cours qu'elle donnait à l'université. Un TD de géo, en licence, sur les espaces ruraux. Pour la première séance, on lui avait remis un diaporama de photographies à montrer aux étudiants. Des vues de paysages nord-africains prises au sud du Maroc, de la Tunisie, de l'Algérie aussi. Il y avait des montagnes et des oasis, des oueds asséchés. Des jardins maraîchers, une maison en pierre construite en balcon au-dessus d'une vallée.

Les photographies n'avaient pas de titre ni de légende. Les êtres humains en étaient absents. Il fallait rechercher leurs empreintes, faire émerger des paysages des indices de leurs façons de vivre.

Debout devant la classe, Anna donne cours dans la lumière projetée des photos. À aucun moment elle ne fait le lien entre ce corps qu'elle promène devant l'écran et les lieux qui versent sur elle depuis le projecteur leurs nappes de couleurs. Arrivent des images du sud des Aurès, la région de son père. Anna n'y pense pas. Les paysages lui glissent dessus. Les palmes, les pierres, la terre viennent aux yeux de tout le monde s'imprimer sur sa peau. Pour Anna elles sont loin, dans une autre dimension. Pas une seule seconde l'idée ne la traverse que son corps est en train, comme dans *Le Roi et l'Oiseau*, de rejoindre le tableau dont il s'est échappé. Toute à sa tâche d'ausculter les photos et les indices qu'elles cachent, Anna ignore qu'elle est en train de coïncider brièvement, sur le mur de cette salle de cours, avec sa propre histoire.

Aujourd'hui, Anna n'enseigne plus la géographie. Elle ne hante plus des images dans des amphithéâtres. Mais elle cherche toujours des lieux. Des légendes. Elle lit les descriptions qu'ont rapportées les géographes coloniaux des terres de la tribu de son père : de grands rouleaux de paysages minutieusement peints, éclairés, modelés. Une longue suite d'oasis, de villages sur des mamelons rocheux, de gorges, de canyons et de greniers à blé file sous ses yeux. Elle y voit miroiter, semés de reflets bleus, les flancs du djebel El-Azreg et de l'oued El-Abiod. Aujourd'hui, devant ces images, quelque chose en Anna se tait, se concentre, se ramasse, comme sa mère à côté d'elle quand elle s'apprêtait, dans la forêt, à sauter au-dessus d'un ruisseau. Dans les mots des géographes, des paysages se gonflent. Le corps d'Anna continuellement se prépare à sauter, puis retombe. Il n'y a rien de l'autre côté du fossé. Un mur, une porte close dont les contours réapparaissent dès que la plume des vieux savants se suspend, quand leurs petites machines à illusions se figent. Anna repense aux organisations mystérieuses de Robert-Houdin, à ce petit oranger nu, par exemple, qui se chargeait soudain devant les spectateurs de fruits lourds et de fleurs. À leur manière, les géographes dont elle lit les écrits sont des illusionnistes. Chez eux aussi des théâtres se déplient, quelque chose s'agite derrière un rideau rouge.

Ce ressort qui se tend et retombe devant l'inaccessible, c'est dans un appartement d'Alger pendant son voyage là-bas qu'Anna l'a retrouvé, saisi dans une chanson. La radio était allumée. Anna avait demandé le titre d'un morceau qui passait. « A Vava Inouva ». C'était l'histoire d'une fille et d'un père, de part et d'autre d'une porte fermée. La fille, à l'extérieur de la maison, supplie son père de lui ouvrir. Derrière le battant, le père hésite, craignant qu'il s'agisse d'un ogre venu pour le manger. Il demande à sa fille, pour qu'il puisse la reconnaître, d'agiter ses bracelets. À l'intérieur de la maison, derrière le père, la famille est réunie, gardienne du feu, des histoires, des chansons. À l'extérieur, tout autour de la fille, la forêt affamée, pleine d'ogres, menace.

Sur le moment, Anna n'avait pas retenu les détails de l'histoire. L'air de la chanson et sa mélancolie avaient tout dévoré. En rentrant en France, Anna avait appris, transcrites en phonétique, les paroles amazighes. Quand elle avait chanté la chanson à son père, elle s'était appliquée sur la prononciation. Les mots malaxés en syllabes n'avaient plus trop de sens. C'étaient de purs cailloux de sons, des grelots qui roulaient dans sa bouche et tombaient en cadence. Progressivement, Anna avait oublié l'histoire derrière la chanson. C'est plus tard, seulement, qu'elle se la rappellerait. Qu'« A Vava Inouva » parle de cette coupure. De la forêt coloniale, de ses cabanes vidées. De tous ces lieux-écrans entre elle et l'Algérie. De l'ogre qui a mangé tout le monde – devant, derrière la porte. De comment l'on continue à naître à ses côtés, en agitant des bracelets, sans trop savoir pourquoi.

C'est un puzzle qu'Anna retourne dans sa tête, une vision qui s'échappe aussitôt qu'elle se forme : l'image de son père dans la vitre, les contours de son corps reflétés dans le verre. Elle a vu, sur l'avenue, tout plein de traces de gouttes sur une devanture, la lumière avait fini par en imprimer les reflets sur un poster derrière. Elle les avait figées, ces marques dans les vitres, en plus grand, plus lisible. C'est le principe même de la photographie, l'idée que la lumière peut écrire, fabriquer une image. Les humains l'avaient longtemps guidée, manipulée avec leurs appareils, mais elle pouvait le faire toute seule aussi, la lumière, sans leur aide. Si ça avait marché avec des gouttes de pluie, pourquoi ça ne marcherait pas avec son père aussi ? Il avait passé tellement de temps là, sur les trottoirs, devant les vitres de l'avenue. Des semaines, des années d'exposition auraient dû suffire pour fixer sa silhouette. Y avait-il une chance pour qu'un jour, déambulant, elle la retrouve saisie quelque part, dans un angle, sur une porte ?

Anna l'a remarqué, l'avenue de verre, c'est un peu comme un train. Deux rangées de vitrines qui se mirent l'une dans l'autre, semblant vouloir annuler l'espace intermédiaire. L'avenue est réflexive. Elle prend en quelque sorte son père dans un étau, en écrase le reflet entre ses paumes vitrées.

Une thérapeute avait demandé à Anna, il y a longtemps, de décrire l'allure, le physique de son père. Elle n'avait jamais fait ça avant, Anna, réfléchir ce corps, mettre des mots dessus. Quand elle pensait à lui, c'était son visage, son sourire qu'elle voyait. Ils absorbaient ses membres, les vampirisaient. Anna revoit une photo qu'elle a prise de lui au-dessus de la Loire, au milieu du pont de fil. Elle venait tout juste de rentrer d'Algérie. Il y a l'eau, l'air, et la tête hilare de son père qui flotte comme un ballon ou le chat du Cheshire. Ce qui le rattachait au monde, le faisait se déplacer, agir, est gommé du souvenir.

« Je t'en prie, père Inouba, ouvre-moi la porte. / Ô fille Ghriba, fais tinter tes bracelets. / Je crains l'ogre de la forêt, père Inouba. / Ô fille Ghriba, je le crains aussi. » Anna en a passé du temps avec son père, de l'autre côté de la porte, au téléphone surtout. La voix, dans sa mémoire, est plus nette que le corps. Il parlait peu pourtant. « Tais-toi, voici venir Bouchou ! » Comme si, résonnant dans sa tête, cette phrase prononcée par toutes les mères d'Algérie lui avait lié la langue.

Certains médias donnent le compte rendu détaillé du banditisme d'État qu'avaient instauré en Algérie le général Bugeaud et sa clique d'officiers. Parmi toutes les richesses objet de razzias, les militaires avaient une prédilection pour les bijoux et notamment les bracelets. Pour les prélever plus rapidement, ils tranchaient à coups de machettes les poignets des enfants et des femmes qu'ils avaient massacrés. Dans ses articles pour *L'Afrique française*, le secrétaire particulier du général Bugeaud se fait l'écho de massacres comme celui de la tribu El-Aouffia, au tout début de la conquête d'Algérie. Dans les jours qui avaient suivi, le marché voisin, raconte-t-il, exposait des bracelets de femmes encore attachés à des poignets coupés.

Anna n'a jamais trop porté de bracelets. Ça l'a prise pendant quelque temps, à la mort de son père. Elle les aimait épais et serrés autour des poignets, comme des bracelets de force. Puis l'envie est partie. Elle n'a peut-être pas le nom de son père. Mais elle a sans doute cette mémoire, à l'endroit de ses mains, qui lui dit qu'il n'y a pas besoin là de tintements, de poids supplémentaires.

Depuis qu'elle a relu les paroles d'« A Vava Inouva », Anna repense souvent au père et à sa famille dans la chanson : invisibles, cloîtrés dans leur cabane. Avalés déjà dans un ventre de bois, au cœur de la forêt. Elle passe de temps en temps devant le porche d'une vieille église, à deux pas du cinéma. Réhabilité par un prêtre orthodoxe qui a cherché à le restaurer, le bâtiment entouré d'échafaudages est à nouveau fermé au public. Un jour, deux grandes boîtes noires montées sur pied et ouvertes sur le devant apparaissent dans la rue au bas de l'escalier. Anna se rappelle avoir vu ces boîtes à l'intérieur de l'église, de part et d'autre de l'allée centrale, du temps où le lieu était encore accessible. Dès le pas de la porte, elles épaulaient les visiteurs. Dans celle de gauche, derrière quelques bougies chauffe-plats qui brûlaient, on pouvait lire, inscrit à la craie sur la paroi du fond, « *adormiti*. Les défunts ». Dans celle de droite, sous le chiffre « *vii* » en caractères romains, « les vivants ». Parmi les hauts piliers, on aurait dit deux petites cabanes sur pilotis au milieu de la forêt. L'église depuis a été vidée. Les boîtes et leurs deux trous béants trônent sur le troittoir. Anne s'arrête devant parfois, sur le chemin du cinéma, lorsqu'il lui reste un peu de temps avant le début d'une scéance. Elle observe les coulées de cire figées dans les grilles, la craie des inscriptions sur les parois à demi effacée. Et elle reste là, face aux deux grandes boîtes noires, l'une pour les morts, l'autre pour les vivants, de part et d'autre de l'escalier.

Il y a ces grands carrés ouverts, tout près des murs d'enceinte. Anna les reconnaît facilement. Elle les aperçoit parfois en train ou en voiture. Ce sont des extensions, pour l'avenir. De petits bouts de cimetière supplémentaires, qui attendent des gens qui sont encore vivants. Parfois il y a déjà une porte, une clôture. Parfois rien, c'est juste le vide qui trace des pointillés. C'est comme des immeubles tout neufs pas encore habités, des lits non déballés. Il n'y a pas longtemps, c'étaient des champs cultivés, amendés, récoltés, ou des parcelles en friche. Un pré. Maintenant, la terre se repose. On l'a mise de côté. Elle ressemble encore à n'importe quel bout de terrain vague, mais le vague est parti. Quelque chose se prépare. C'est invisible, ça plane dans l'air. Quelque chose se retient, s'absente. Se décolle un peu du sol. Il y a toute la vie qui grouille sous terre, qui s'en fout, qui fait ce qu'elle veut. Bientôt il y aura de grands trous, des pas, des voitures, des dalles sur les trous, tout sera daté, étiqueté, on fera le ménage, il y aura des gardiens, peut-être des lampes torches.

On dit que ce sera un lieu pour dormir, se reposer. Mais c'est maintenant que le cimetière se repose vraiment. Comme il ne se reposera jamais plus, quand il sera devenu cimetière pour de vrai. C'est maintenant qu'il absorbe de grandes lampées de silence, de vide. Le coton doux de la vacance, de la béance. C'est maintenant qu'il est tout béant de partout, maintenant qu'il faudrait y aller, en restant à distance, discret. Pour contempler la grande détente des choses. Les limbes. L'absolu qui se prépare et se maquille, tranquillement, dans sa loge. C'est ça qu'il faudrait guetter, la chose la plus fascinante de toutes, la scène, vide, du grand spectacle du rien, avant que celui-ci commence.

Il y a des personnages aussi, des fois, qui sont un peu comme ça. Leur place est découpée quelque part, en suspens. Ils attendent d'être occupés, habités, mais rien ne vient. L'emplacement reste vide, même quand ils sont morts. Anna n'a rencontré aucun de ses grands-parents algériens. Elle n'a jamais entendu leur voix. Pendant longtemps, elle ignorait jusqu'à leurs prénoms. Encore maintenant, elle doit faire un effort pour se les rappeler. Ils s'échappent constamment, ne trouvant rien à quoi s'accrocher, rien pour peser – comme de petits sacs vides qu'Anna n'aurait pas su remplir.

Le prénom de sa grand-mère, surtout, Fatima, quand il lui revient en tête, est un caillou de son qui se trimballe, aberrant, détaché de tout visage. Anna a vu une ou deux photos d'elle pourtant. Un visage facetté en hexagone, séparé en deux par une ligne noire tatouée sur le front et le menton. De lourdes boucles d'oreilles, des épaules larges, puissantes, de petits yeux qui semblent, au moment de la photo, retranchés haut et loin sur le bord d'une falaise. Cette femme a les airs graves et fiers d'un chef amérindien. Fatima savait-elle, en jetant ce regard, qu'il atterrirait chez une descendante qu'elle ne verrait jamais ? Est-ce cela, poser ? Plisser, tendre ses yeux pour les lancer plus loin, plus profond dans le temps ? Bizarrement, Anna ne s'est jamais vraiment attachée à cette image qui flotte, au hasard, comme une photo égarée dans la rue ou dans le tas d'une brocante.

Le grand-père, lui, n'a plus du tout de visage. Il en a eu un, pendant quelques jours, grâce à cette photo qu'Anna a entraperçue. Mais c'était un portrait en pied, les traits étaient loin, enfouis dans la silhouette, Anna ne s'en souvient plus. De temps en temps, quelque chose revient ou cherche à revenir, comme l'autre jour encore.

C'était un samedi soir tard dans la gare de Tours, Anna rentrait de voyage. En descendant du train, elle avait guetté machinalement les scènes de retrouvailles. Elle faisait souvent ça. Sur les quais de gare, la croûte du quotidien est moins solide qu'ailleurs : on peut voir au travers. Il faisait froid ce soir-là. La gare était étrangement vide. Sans les paquets de manteaux, de têtes, de valises pour les amortir, les lumières étaient plus violentes, crues. Un groupe de jeunes s'était installé dans un coin, ils faisaient des figures et lançaient des cris sur des riffs de hip-hop. Les nappes de sons tournoyaient dans le hall sans rencontrer d'obstacle. C'est là qu'elle l'avait aperçu. Un petit grand-père maghrébin qui avançait à pas lents, seul dans la gare, les doigts noués dans le dos. Il était peu couvert. C'est ça qui avait frappé Anna tout de suite, ces vêtements râpés, sans consistance, qui flottaient autour des membres, et la petite toque en fausse fourrure brune posée sur les cheveux blancs. Il marchait le long des boutiques vers les quais déserts. Elle n'avait pas vu son visage.

Parfois, les trous autour de nous font des œilletons, des cadres pour fixer des choses au loin, tout au fond. C'est un phénomène physique : quand on observe à travers une brèche, un interstice, les rayons lumineux se concentrent sur la rétine. On voit mieux. Mieux à travers l'espace, à travers le temps aussi. Le grand-père d'Anna, Hadj, était d'un autre siècle et d'un pays lointain. Si elle se concentrait, Anna arriverait-elle, en plissant bien les yeux, à voir jusque-là ? Il aurait dû avoir dans les 130 ans. Serait-il venu en France avec sa femme, en 1962, s'il avait survécu ? Auraient-ils passé leurs soirées, transplantés loin de leur pays, à frayer des halls vides et des foules absentes ? À présent, Hadj est une ombre sur les quais de la gare, un battement de l'espace vide dans les cris qui résonnent, les riffs sombres et nerveux. S'il avait vécu, Hadj n'aurait sans doute pas échappé au massacre, il aurait juste été de l'autre côté, comme ce vieil homme dans la gare creusé par le silence. Ou comme le père d'Anna, rivé, derrière sa vitre, aux tableaux d'un drame qu'elle ne verrait jamais.

Un jour, les traits de sa grand-mère avaient fini par s'imprimer quelque part. Ils avaient réussi à trouver un endroit où s'accrocher, bien au fond, à l'arrière des yeux, au bout du nerf optique. Anna ne s'étonne pas que ce visage ait mis tout ce temps à lui parvenir. Il y a tant de retrait, de distance en dedans. C'était une question d'espace, d'intervalles à franchir. Anna l'a remarqué : dans l'Algérie de son père, Fatima et toutes les femmes de la famille sont plus loin que les autres. Ces tribus, ces maisons, ces noms que l'on avait effacés, c'étaient ceux des hommes. C'étaient eux qui transmettaient l'histoire. Face à la grande broyeuse coloniale, les femmes étaient doublement absentes. Doublement silencieuses.

Anna avait retrouvé le nom d'un village d'où venait une partie de la famille de Fatima. N'Gaous. C'était là qu'Yvette et son père s'étaient rendus ensemble. Sur les toiles de l'artiste peintre Djahida Houadef qui venait de là-bas, les fruits avalaient tout l'espace. Ils faisaient ployer les corps. Ils les tordaient, les étiraient et devenaient soleils, visages, tissus des robes, pierres. Fatima était morte dans les années 2000, sans doute d'un cancer, autour de 80 ans. L'argent envoyé par le père d'Anna pour financer la tombe avait servi à acheter une télévision. Aux ombres gravées de la plaque funéraire la famille avait préféré les chatoiements de l'écran cathodique. Jusque dans la mort, les traces de la grand-mère avaient refusé de s'inscrire ailleurs que sur son corps tatoué. La marque qui séparait en deux du front jusqu'au menton les traits de Fatima était devenue pour Anna l'emblème des femmes de l'Algérie coloniale, suspendues entre deux hémisphères de silence.

Son amie Louna lui a parlé de sa grand-mère à elle, arrivée d'Algérie en France avec sa famille, en 1962. Ils vivaient en HLM près de Bourges, enfermés à sept dans cinquante mètres carrés. La grand-mère de temps en temps voulait sortir marcher. Louna la revoit descendre les escaliers et aller s'asseoir dans l'herbe, dans le grand terrain vague derrière les HLM. Elle faisait un truc avec son nez, raconte Louna, comme si elle aspirait la terre. À l'époque, la zone autour de l'immeuble de Louna n'était pas encore habitée, on y trouvait surtout des fermes et des cultures. Il y avait des champs, plus loin, avec du blé. Anna le sait maintenant. C'est pour ça que la France a envahi l'Algérie. Pour ses champs, ses greniers. Sa croûte comestible et dorée. « *Zra* », disait la grand-mère en remuant le bout du nez. « *Zra* », c'était le blé.

Sa petite-fille en est sûre, la grand-mère avait un don. Elle regardait la lune et elle disait : « Tiens, demain il va se passer ça, le temps sera comme ça. » Elle observait le blé, dans deux jours il serait prêt. Elle tombait toujours juste. D'autres fois, la grand-mère ramassait une plante, la sentait. Elle disait des trucs en arabe, en mettait un bout dans sa bouche puis elle en tendait un autre à sa petite-fille : « Goûte ! » Était-elle aussi un marabout, comme Hadj, une *taleb* qui fabriquait des amulettes pour résoudre les problèmes ?

Anna a cherché la recette. On produit de l'encre en faisant tremper dans l'eau de la laine de mouton brûlée. Puis l'on écrit sur de petits papiers des versets du Coran que l'on coud ensuite dans du cuir avec des minéraux, des poils. On porte l'amulette sur le corps ou on la glisse sous l'oreiller. Parfois, les petits papiers à l'encre de mouton sont laissés à macérer dans de l'eau avec des clous de girofle, de la rose. Et pendant plusieurs jours encore on boit la potion – avec au-dedans tous ces mots, ces plantes, ces poils, ces pierres dont on absorbe lentement les pouvoirs.

Anna imagine Hadj et la vieille dame, assis au pied de la tour, scrutant la lune et le blé depuis un terrain vague, sondant leurs espaces-temps très proches et très lointains. Louna s'était exclamée une fois à propos de sa grand-mère : « C'était une extraterrestre ! » Anna s'était dit : Oui. Si Fatima était venue, si Hadj avait vécu, c'est ce qu'ils seraient devenus.

Anna en avait arpenté, petite, des champs de blé. Son grand-père français venait d'une famille paysanne de la Sarthe. Lui aussi humait l'air, inspectait les épis. Il lui montrait comment les grains crus mastiqués se transformaient en chewing-gum. Embauché dans sa jeunesse sur un paquebot transatlantique, il communiquait avec la terre à l'aide d'appareils sibyllins que Robert-Houdin aurait pu inventer. Ingénieure, la grand-mère française d'Anna avait fait elle aussi ses classes de sorcellerie moderne. À l'École polytechnique féminine, elle s'était initiée à l'électromécanique, dont découlaient de nombreux tours du magicien blésois. De temps en temps, elle emmenait sa petite-fille voir rugir les dragons de la Maison de la magie.

Aujourd'hui, Anna aurait voulu pouvoir montrer tout cela à Hadj. Lui parler de la tournée de Robert-Houdin en Algérie, déchiffrer avec lui le diplôme enluminé décerné par le concile des chefs de grandes tribus. Peut-être que Hadj aurait souri. Lui aurait dit que tout cela n'avait pas d'importance. Anna se demande ce qui la lie à ce grand-père sorcier, à cette grand-mère tatouée de l'autre côté des mers. Ce n'est pas comme si elle n'avait pas eu du tout de grands-parents. Elle est tentée parfois de revenir à la surface de l'enfance, quand elle jugeait les choses en plein, ne cherchait pas à confesser ou consulter les absents.

Son amie Louna est retournée avec son père dans le village d'Algérie où il avait grandi. Ils ont filmé la scène. L'image les montre tous deux entrant dans une petite salle aux murs de terre nue. Le père de Louna pointe du doigt un coin derrière la caméra. Il était né là, dans l'angle, sur le sol. Plus tard, c'est là qu'il avait dormi, dans un berceau d'abord, puis dans un petit lit. C'est dans ce même coin encore, quand était venue la guerre, qu'une bombe éclairante tombée en pleine nuit avait failli le tuer. Le père regarde loin au-delà de la caméra, dans l'angle de cette pièce où est tatouée sa vie. Ça faisait plus de trente ans qu'il n'était pas venu.

Dans le monde d'Anna, il y a peu de coins peuplés comme celui-là. Elles sont rares les maisons qui servent de passerelles de la vie à la mort. Anna fantasme des intérieurs en velours et parquet, craquements et abat-jour, silence et nuit. Quand l'horloge sonne, des puits d'ombre s'ouvrent entre les meubles, agrandissent l'espace. Anna revient souvent à ce décor, elle voudrait s'allonger dedans. C'est son théâtre à elle. Quelque chose entre un salon Belle Époque et le fond de la mer. Le visage familier, séculier du néant. C'est une brocante pleine de choses auxquelles on a coupé les mains, la tête – et qui continuent pourtant d'être là. Avec leur tronc, leurs jambes ancrés dans le sol, campés, puissants. Et plus rien d'autre à faire que peser les tic-tac dans le velours obscur.

Ses grands-parents français vivaient dans une maison en lisière d'une vieille forêt domaniale. Du balcon, on voyait la ligne sombre des arbres au loin par-delà le jardin. C'était comme des marches qui s'enfonçaient dans le temps. Anna a rassemblé dans cette maison les fragments de son théâtre. Les pièces sont des kaléidoscopes tranquilles aux papiers bleus et bruns. Les tiroirs, les placards, le grenier contiennent des odeurs, des textures, des objets qu'Anna ne connaîtra plus. Fourrés dans les valises, les poches des grands-parents, ils ont traversé des mondes. Des poupées de laine, l'affiche d'un paquebot, des carrés d'étoffe rêche. Des canevas, des trompettes, des guignols abîmés. Un gros poste de radio, un téléphone à cadran, des boîtes et des photos, un uniforme d'écolier. Petite, Anna les manipule, les triture, les grignote. Pour elle, ils sont tout neufs. Elle aspire leurs molécules, sans savoir qu'ils appartiennent déjà à d'autres strates et d'autres formes de vie. Le temps de son enfance, toute la maison est prise dans cette grande pince noire : un futur qui attend, un monde en train de s'éteindre. Pour Anna, ce radeau compose un monde étourdissant, un terrain de jeu monstrueux plein de puits et d'échelles à monter et descendre, de fragments d'espaces-temps à tâtonner du doigt.

L'histoire de France étudiée à l'école, dans les châteaux, sur les cartes postales. Les lectures d'Anna, ses dessins, les premiers de ses voyages atterrissent là, dans cette maison, s'enroulant autour d'elle comme autour d'un tuteur. Ils l'enveloppent, l'enserrent. Ses murs et son jardin sont un rocher auquel viennent s'agréger les pans de sa mémoire. C'est grâce à eux qu'Anna peut retenir les choses qu'on lui apprend. Par réflexe, sans vraiment le vouloir, elle glisse les mots, les dates, les images sous un coin de tapis, entre deux bûches, dans un pli du divan, sous les branches d'un buisson. S'il y a en elle une vague et confuse idée de la France, d'une histoire française, Anna se dit que c'est dans cette maison qu'elle a dû se construire, percoler lentement. C'est là que les fantômes ont pris une consistance. Ils planent à présent au-dessus des espaces comme des étiquettes, de petites portes d'accès : Proust face à l'érable sur le balcon, Charles IX dans un petit carré au sol de la chambre du grand-père. Édith Piaf devant la cheminée, Trenet dans l'angle du salon près de l'horloge cassée. La guerre aussi, le grand monstre de la guerre qu'a faite son grand-père, dans les champs à perte de vue de l'autre côté de la maison.

Aujourd'hui, il reste des armatures, quelques meubles, des couleurs sur les murs. Les puits, les échelles posés dans l'enfance sont là, dans les coutures. Pour Anna, la maison est cette immense machine qui porte le pays et le monde sur son dos. Anna n'a rien de semblable du côté de l'Algérie. Ce n'est pas dans son corps qu'elle a creusé ses puits, fait descendre ses nacelles. Il n'y a pas là-bas de coin sombre, de mur de terre crue pour servir de tuteur. Dans toutes ses lumineuses sépultures de l'enfance, l'Algérie est mort-née. Certains jours, Anna a l'impression que ce pays est une sorte de frère jumeau retiré du berceau. Ou une sœur aînée qu'elle n'aurait pas connue, née là-bas, morte trop jeune, dont on lui aurait fait reprendre l'identité. Anna pense au père de son amie dans le documentaire, debout dans la maison où il avait grandi. Elle pourrait sans effort intervertir les corps, les prénoms, les visages. Inviter son père un instant en milieu de séquence. Elle lui montrerait du doigt le petit angle nu, repasserait devant lui l'image de ce coin, de ce sommeil resté inentamé par la bombe éclairante, suspendu dans les années qui explosent en silence.

Anna a appris cet après-midi le décès de son voisin, mort dans la matinée. Il occupait avec sa femme le logement juste en dessous du sien. Elle le croisait rarement. Elle revoit sa silhouette petite, trapue, et ses yeux, légèrement bridés, au fond de son visage rond. L'année précédente, il était tombé malade. En dehors de quelques allers-retours à l'hôpital, il restait terré toute la journée dans son appartement. Anna ne l'avait plus jamais revu.

Elle s'approche de la fenêtre et regarde dans le jardin, un petit espace entouré d'un muret avec un appentis encombré, des rocailles, des mangeoires pour les oiseaux, du carrelage entre les parterres de fleurs. Deux chats sculptés trônent, dans des sacs à main en pierre, sur les piliers qui encadrent l'entrée. Pendant des mois, il n'y avait eu qu'un chat, et un seul sac à main. Anna revoit la petite statue qui montait la garde, les yeux braqués, très droite, auprès d'un pilier vide.

Au milieu du jardin, un habit sèche sur la corde à linge. C'est un polo bleu marine, avec sur les manches de longues raies rouges et blanches. C'est un vêtement d'homme. Un vêtement du voisin. Sous les yeux d'Anna, cette chemise qui s'égoutte est celle d'un homme mort. Autour des épaules maintenues par des pinces, le col rigidifié se relève en tuyau.

Le jour du décès de son père, il y a neuf ans, Anna n'était pas là. Elle était repartie une semaine avant de l'autre côté de la mer. Il était mort un matin lui aussi, vers 11 heures. Peut-être que ses vêtements étaient en train de sécher sur la corde à linge, chez Yvette, dans le jardin. Peut-être que ce moment, si Anna était restée, aurait ressemblé à ça. Il y aurait eu sur la corde cette trace, quelques instants encore, d'un corps suspendu. Toujours un peu vivant, du moins tant qu'il y avait cette chemise pour s'égoutter lentement, onduler brièvement dans les mouvements de l'air.

Les yeux sur le vêtement, Anna se demande quand la voisine du dessous viendra le détacher, ôter une à une les pinces des épaules. Pour l'instant, là en bas dans le jardin, il y a ce signe sur le fil. Fragile, comme au début de l'existence. Il y a cette enveloppe, vide mais bien gonflée encore, bien accrochée, obstinée à poursuivre le quotidien comme si de rien n'était. Anna aimerait que la chemise ne disparaisse pas tout de suite. Qu'elle reste là quelque temps, oubliée de tous, mouillée par la pluie et séchée par le vent.

C'est assez rare qu'Anna pense à son père comme à quelqu'un de mort. Son histoire algérienne a beau être souterraine, c'est devenu pour elle à la longue quelque chose de vivant. Comme pour les géologues le magma et les plaques se mettent à exister, sans doute, sous le sol. Bien sûr, Anna cherche toujours la silhouette attablée en terrasse de l'Univers. Elle aimerait bien des fois réentendre la voix de son père comme avant au téléphone. Elle a même composé son numéro, deux semaines plus tôt. Ça l'a surprise d'entendre au bout du fil une voix annoncer non pas que le numéro n'était plus attribué, mais que ce service n'était pas disponible. Comme si ça pouvait exister, un service pour conserver les messageries des personnes décédées, ou que ça existerait bientôt – des cimetières vocaux. Des sortes de columbariums audio où l'on irait se recueillir et se pencher, quelques instants, au bord des voix des morts.

Anna pense à Hercule Poirot, à son petit visage rond et malicieux, à son accent. À ses petites cellules grises, si grises qu'elles voient dans le brouillard et résolvent les énigmes. Lui va rester là, fidèle au poste, insubmersible. Lui le réfugié de guerre ne se fera pas tuer.

Anna l'a décidé. *Poirot quitte la scène*, le dernier tome, dans lequel il meurt, elle ne le lira jamais. Contrairement à son père, contrairement à Hadj, Poirot ne peut pas mourir. Le gris de ses cellules est un gris immortel. Alors, à ses côtés, il comblera le trou. Lui peut le creuser et le remplir sans cesse, sur demande. De corps de ducs, de lords, de millionnaires. Les plus belles têtes de l'empire colonial, celles qui massacrent et se font massacrer, celles qui polluent jusqu'à leur propre sang, passent sous son scalpel. Anna se tient près de Poirot. Elle voit défiler leurs corps remplis de poisons, de balles, de poignards, de plaies béantes. Elle les regarde s'entre-tuer, faire circuler la mort jusque dans leurs membres. Et elle le regarde, lui, l'exilé, résoudre l'énigme de ces massacres toujours recommencés.

Anna est remontée une fois à la source coloniale. Ce n'était pas difficile. Cette source se trouvait juste à côté de chez sa mère, dans un petit château de la campagne tourangelle, à l'entrée d'une vallée parallèle à la sienne. Ce n'était pas n'importe quelle vallée. C'était la vallée des vaux, la vallée des vallées, là où accouraient et venaient se jeter tous les ruisseaux du plateau. Le château était resté la propriété de la même famille noble depuis l'Ancien Régime. On y faisait du vin depuis le XVIe siècle. Après quarante ans de fermeture au public, les comtes de Thouars avaient décidé de rouvrir leur propriété le week-end pour vendre leurs bouteilles. C'était quelques mois après la mort du père d'Anna. Un jour où elle rendait visite à sa mère, elles avaient toutes deux escaladé le coteau, traversé le plateau puis remonté la petite vallée jusqu'aux grilles du château. À l'entrée de la cave se trouvait le jeune comte qui avait repris la gestion du domaine. Il avait 35 ans, environ l'âge d'Anna. La rumeur disait qu'il avait tenté une carrière de DJ à Berlin avant de rentrer au bercail pour reprendre l'exploitation. D'un geste de la main, il avait désigné à Anna et sa mère le comptoir où se servir un verre puis, de l'autre côté de la cave, un ensemble de panneaux qu'on avait dépliés là. C'était la vie illustrée de son ancêtre, Abel Aubert du Petit-Thouars. Le capitaine de vaisseau qui avait conçu, défendu et exécuté l'opération à l'origine de la prise d'Alger, en juin 1830. Dans tous les livres d'histoire, la bataille marquait le début officiel de la conquête de l'Algérie par la France.

Anna était restée à l'entrée du troglo. Elle avait repensé à la vallée des vaux, aux mille petits ruisseaux qui coulaient invisibles sous le sol du château, le muaient en vaisseau. Elle n'avait peut-être pas trouvé le meurtrier de son grand-père. Mais quelque chose du massacre avait commencé là, s'était nourri de cette pierre, de ce vin, de cette eau, dans cette petite vallée juste à côté de chez eux. Quelque chose du massacre continuait d'y tourner, une fièvre, une fierté, une épopée d'outre-mer et d'épées dont on sirotait sous la roche les arômes amnésiques. Et même si les pièces du puzzle venaient toujours trop tard, même si le conte de fées triomphait sur l'histoire, quelque chose du massacre revenait mourir là, se couchait au pied du coteau – rendu à sa source, dans la vallée des vaux.

À partir de 60 ans, son père avait pris l'habitude d'aller marcher. Tous les jours, il remontait l'avenue de verre jusqu'à la Loire, faisait une boucle entre les deux ponts puis il revenait chez lui. De temps en temps, il s'arrêtait en milieu de parcours chez son ami Marek, né à Batna, comme lui. Anna habite là maintenant, pas loin de chez Marek, en ce point entre les deux ponts où s'infléchissait la boucle de son père.

Chaque jour elle remonte le quai et traverse la Loire jusqu'à l'avenue de verre pour aller chercher son fils. C'est là aujourd'hui que son bébé passe ses journées, qu'il grandit, se développe au-dessus des allées et venues incessantes, des boutiques, des vitrines. Après trois ans d'attente, il est arrivé sans prévenir, loin du verre et des laboratoires, des éprouvettes et des milieux confinés, quand Anna et son compagnon se sont frottés plusieurs semaines aux broussailles, au grand air, pour cultiver un petit bout de jardin en bordure de coteau. En remuant la terre, Anna avait trouvé dans la parcelle des fragments d'objets à moitié consumés, des traces de la vie de la maison, quand un jardinier brûlait régulièrement là des amas de vieilleries, de cartons et branchages. Il y avait des morceaux de jouets en plastique, de la verroterie, de la ferraille et des agglomérats indéfinissables qui s'entortillaient comme des vers colorés dans le creux de sa main.

Aujourd'hui, le bébé d'Anna prélève régulièrement avec ses doigts en pince des choses minuscules sur les sols, les surfaces : des poils, des cheveux, de petits fils de laine, des fragments de feuilles sèches qu'il est le seul à apercevoir. En le regardant faire, Anna pense à ses déambulations le long de l'avenue de verre, à ces heures passées au ras des vitres. Quand il a cueilli quelque chose, son bébé, avant de le porter à la bouche, le triture longuement de ses doigts potelés et maladroits. Ses gestes se font si patauds qu'Anna croit voir un géant en train de manipuler des bouts de notre monde.

Sur la façade d'une grande maison donnant sur le quai, Anna a remarqué une toute petite fenêtre, étroite et verticale, un interstice vitré. Elle l'a baptisée « fenêtre de curiosité ». Parfois, un vase est posé devant, une statuette. L'objet semble exposé, mais il est si petit et isolé dans la façade qu'Anna a l'impression de surprendre un secret, un clignement indiscret sur le point de se refermer. D'autres fois, la fenêtre est vide. C'est juste une faille avec une vitre dessus, une petite pupille ouverte, en fente sur le mur, qui observe la rue. Depuis qu'elle est enfant, on a souvent dit à Anna qu'elle était trop curieuse. Anna n'a pourtant jamais cherché à connaître des secrets. Pendant longtemps, c'était elle, le secret. C'est comme ça que son existence s'est modelée, en creux. Dans l'état civil, les journées de son père, les rues de la ville. Si Anna cherche à savoir ce qui est arrivé à Hadj, c'est peut-être pour cela. Par ses décisions successives, son père a contribué sans le vouloir à les rapprocher, à les façonner en reflet l'un de l'autre. Tous deux ont vu l'un des bords de leur vie, la naissance, le décès, dissimulés dans des plis. Aujourd'hui, Anna se colle aux interstices faits du même moule et de la même pâte qu'elle – tout ce qui, comme la petite fenêtre, existe en se cachant.

Quand elle aperçoit, en regardant son fils, ce qui s'ouvre dans son visage lorsqu'il la voit, cette déchirure de bonheur, elle se demande parfois comment son père a réussi à s'arracher à ça. Dans ce jeu d'allers-retours, elle ne sait pas si elle se fait mal ou si elle se répare. Depuis l'arrivée du bébé, Anna remarque qu'elle parle souvent d'elle avec lui à la troisième personne. Elle pensait que c'était un truc que faisaient surtout les vieux dans les campagnes, ou sa voisine venue habiter en ville il y a vingt ans. Elle s'amuse de voir que ça lui vient naturellement, à longueur de journée, auprès d'un nouveau-né. Ce n'est pas une forme d'abnégation, d'effacement de la mère devant son enfant. Mais plutôt la réactivation, au contact de la vie qui commence, de cette vieille ironie qui faisait que l'on parlait autrefois de soi comme d'un reflet ; comme si l'on était quelqu'un d'autre, quelqu'un de pas très réel. Un personnage qui bouge là-devant, sans trop de consistance, et qu'on regarde passer avec circonspection.

Quand elle se surprend à parler la langue des très vieux à son tout jeune bébé, Anna se souvient de l'ethnologue Germaine Tillion racontant comment, dans les montagnes des Aurès, l'enfant qui vient est un « petit ancêtre ». En ancien français aussi, le petit-fils se dit « petit grand-père ». Lorsqu'elle avait lu cela, Anna avait repensé à Hadj, à son meurtre supposé. Elle avait revu son père s'effaçant de l'état civil, s'affichant à travers la ville derrière un pseudonyme. Elle avait repensé à *L'Étranger* de Camus et à l'Arabe qui meurt, avant même d'être tué, de ne pas avoir de nom. Et elle avait aperçu cette autre fente dans le mur, disponible, qui se refermerait si elle ne la saisissait pas. Comme son père, comme elle, comme les descendants de toutes les colonies, son fils serait le survivant d'une violence inouïe. Bien qu'affaibli, le courant de cette violence continuerait toute sa vie de le parcourir, de lui pétrir le corps. Sa naissance, pourtant, était aussi la possibilité d'instaurer des protections, des passerelles. C'était le moment non pas de créer des doubles, mais de réparer le fil. De replacer le socle.

Aujourd'hui, le second prénom de son fils, c'est Hadj. Comme celui qui guérit. C'est ça qu'Anna retient de son grand-père. La vérité sur sa disparition s'est diluée dans le silence, la perte, la douleur. Mais il reste pour elle le guérisseur. Et même si Anna ne croit pas aux récits rédempteurs, même si elle sait qu'on est à peine remis que les massacres reprennent, que le cercle de la violence se ressoude sans cesse, elle aime penser que certains pouvoirs continuent pourtant à serpenter et à se diffuser lentement. Hadj, c'est un talisman de quatre lettres, une marque sonore, assortie à cette tache bleue que le fils d'Anna porte lui aussi sur le corps. Hadj, c'est un rappel de ce qu'Anna a appris. Qu'un trauma sécrète souvent ses propres antidotes, qu'il serre dans ses coutures ce qui peut le guérir. Une force de vie propre qui, selon ce qu'on en fait, peut suturer ou détruire, dévorer ou agir.

Anna pense à sa demi-sœur, Myriam. Sans logement ni travail, obligée de vivre sous le même toit qu'Yvette, elle a été fichée trois fois à la Banque de France. Depuis un an elle dort dans le salon. Il y a cette rage en elle, qui gagne la maison, de qui se fait aider sans espoir de retour. Combien sont-ils, comme elle, à crouler sous le poids de cette très grande dette, au-dessus de leur tête, qui ne leur appartient pas ? Combien sont-ils, cernés par cette violence qui renaît toujours plus vite que le temps qu'on met à s'en libérer ? Anna pense à son frère, à son corps de clown-athlète pendu au-dessus du vide. Il se voulait léger, défiait la gravité. Ses genoux ont lâché. S'il remonte aujourd'hui très doucement sur le cadre, il passe de longues heures, concentré, à soupeser les poids qu'il porte au bout des bras.

Que va-t-elle en faire, Anna, aujourd'hui, des traces sur les vitrines, entre les doigts de son fils ? Des amulettes de Hadj, des raclettes de son père, des têtes que la France récupère sous le sol ? Des expos à la gloire des colons dans des grottes de tuffeau, de tous les poissons en dehors des bocaux, des cités qui s'embrasent parce qu'on n'y met plus d'eau ? Des enfants qui enragent et tombent, pied sur l'accélérateur, pendant que les mères qui tremblent disent : « Chut, chut » car l'ogre est là, toujours ?...

Que va-t-elle faire, Anna, de ses deux moitiés qui se sourient avec violence, s'aiment et s'entre-dévorent ? Son fils aura-t-il droit lui aussi aux voix qui hurlent le long des quais ? Aux grands-pères qui errent dans les gares désertes ? Aux lois qui rapprochent toujours plus leurs fils et filles des rails ? Et aux très vieux soldats qu'on laisse répéter, devant une foule de jeunes, que l'Algérie fille de personne n'était pas un pays, que sans la France on croupissait dans le froid et la faim, que la torture – mais qui a parlé de torture ?

Sur l'avenue de verre, les vitres resplendissent. L'autre nom de cette avenue, c'est la rue Nationale. Sa brillante carapace est aussi pour la ville, comme le dit bien son nom, la vitrine de la nation. Est-ce aussi pour cela, se demande Anna, que son père l'avait nettoyée si longtemps avec force ? Parce qu'il ne tolérait pas de la voir sale, souillée comme elle l'avait été tant de fois sous ses yeux ?

« Grâce à Karim, le lèche-vitrines est toujours un plaisir. » C'est le slogan d'une nouvelle campagne d'affichage déployée dans la ville. Sur l'image, un homme coupé à la taille, une raclette à la main, nettoie une vitre qui se confond avec le plan de l'affiche. En bas à droite, à côté du slogan, le logo des métiers de la propreté. L'affiche est apparue sur l'avenue peu après la victoire du Rassemblement national aux dernières élections. Tous les jours, depuis, Anna passe devant Karim qui agite le bras au-dessus de sa tête, dans sa cassette vitrée. Et tous les jours, depuis, elle s'en souvient : les gens qui nettoient les vitres, de loin, on dirait qu'ils appellent au secours.

Il y a peu de temps, deux tours transparentes ont été construites à l'entrée de l'avenue. Leurs vitres, couleur sable, font penser au lit de la Loire qui coule à leur pied, et à tous ces grains aussi qui se cachent dans le verre, ces millions de grains que l'on prend et que l'on chauffe à blanc jusqu'à ce qu'ils fondent, coalescent, disparaissent dans une grande masse homogène et liquide. Juste en face, une grande poste désaffectée reflète les tours flambant neuves dans ses vitrines couvertes de poussière, de rayures de clefs et de toiles d'araignées. Lorsque Anna est allée voir les deux tours de plus près, elle s'est aperçue qu'elles étaient recouvertes sur leur face interne d'un film ocre très fin, strié de lignes blanches et verticales qui filtrent la lumière. Leur habillage vitré, loin d'être transparent, est une cage de verre.

Un ami médecin l'a expliqué un jour à Anna. Le vitré, en anatomie, c'est une partie de l'œil. Cette masse visqueuse et translucide qui, entre le cristallin et la rétine, aide à renvoyer les rayons lumineux. Ce n'est pas l'œil qui voit, c'est le bouclier qui protège, qui filtre, empêche que trop d'informations arrivent au nerf optique. Vitrine de la nation, l'avenue de verre est aussi un bouclier, une membrane réfractaire propre de cette lumière qu'elle rejette en silence. De toutes ces vies qui passent devant elle sans même la toucher. Anna se demande quelles amulettes pleines de poils et de plantes pourraient se glisser à l'intérieur des vitres, les muer en organisations mystérieuses et feuilletées, y multiplier les portes, les cachettes, les secrets.

Pour l'enterrement de leur père, Anna et son frère avaient été invités *under cover*. « Cousins lointains », ils avaient dit à ceux qui ne les connaissaient pas. Dans le carré musulman, devant les gens, devant la tombe ouverte et le cercueil dedans, Anna avait chanté la chanson « A Vava Inouva ». Elle l'avait chantée dans cette langue berbère que personne ne comprenait, même pas elle. Les mots avaient encore une fois roulé au-dedans de sa bouche. Elle les avait chantés, collée contre la porte. De l'autre côté de la famille rassemblée, du bois qu'il y avait maintenant entre son père et elle. Elle les avait chantés, pour tout le monde, protégée par cette langue que lui seul entendait : « Je t'en prie, père Inouba, ouvre-moi la porte. / Ô fille Ghriba, fais tinter tes bracelets. / Je crains l'ogre de la forêt, père Inouba. / Ô fille Ghriba, je le crains aussi. »

Quelque temps plus tard, Anna était retournée au cimetière avec Yvette et l'un de ses amis. Elle était à nouveau une lointaine cousine. Ils n'étaient pas restés très longtemps. Ils avaient remplacé les fleurs, fait briller le granit avec un petit chiffon. Avant de repartir, Anna avait déposé un classeur sur la tombe. Il y avait dedans, glissées dans un plastique, les paroles de la chanson copiées à l'encre noire. Il s'était mis à pleuvoir. Dans la voiture, Anna avait regardé les essuie-glaces s'activer sur le pare-brise. Là-bas, l'eau s'infiltrait lentement sous le transparent, se mêlait à l'encre noire, traçait des mots nouveaux.

Sources

« A Vava Inouva » est le nom d'une chanson d'Idir et de Ben Mohamed en langue kabyle. Sortie en Algérie en 1973, elle devient un tube planétaire. La citation de Rainer Maria Rilke placée en épigraphe est tirée des *Lettres à un jeune poète*, Paris, © Gallimard, 1993, p. 61. Celle de Fred Vargas provient de *Pars vite et reviens tard*, © Viviane Hamy, 2001, p. 34. Les extraits de chansons de Johnny Hallyday sont tirés de « Wap dou Wap » (1961), « Sam'di soir » (1962), « La bagarre » (1962), Noir c'est noir » (1966), « Fils de personne » (1971) et « Je suis né dans la rue » (1969) (dans l'ordre de citation). Il est aussi fait référence aux titres « 60/62 » d'Eddy Mitchell (1987), « The Rhythm of the night » de Corona (1994), « Wannabe » des Spice Girls (1996) et « Visages dans la foule » d'Akhenaton (2003). La notion de « mort atmosphérique » est mentionnée par Frantz Fanon dans *L'an V de la révolution algérienne*, Paris, La Découverte, 2011 [1959], p. 116. Sur le désir de devenir ce qui nous a détruit, voir *Les Damnés de la terre* du même auteur, Paris, La Découverte, 2004 : « il n'y a pas un colonisé qui ne rêve au moins une fois par jour de se mettre à la place du colon ». Le concept de « double absence » provient de l'ouvrage éponyme d'Abdelmalek Sayad, *La Double absence. Des illusions de l'émigré aux souffrances de l'immigré*, Paris, Le Seuil, 1997. Celui de « fils de personne » est tiré du livre éponyme de Mohamed Dib cité par Karima Lazali dans *Le Trauma colonial. Une enquête sur les effets psychiques et politiques contemporains de l'oppression coloniale en Algérie*, Paris, La Découverte, 2018. Les deux extraits du documentaire tourné par Louna sont librement inspirés de scènes du documentaire *À Mansourah, tu nous as séparés* de Dorothée-Myriam Kellou, 1 h11 min, Les Films du Bilboquet, 2019. Il est également fait référence au film *La Guerre des Demoiselles* de Jacques Nichet, 1 h 40 min, Adria Films, 1983. Le témoignage de la femme algéroise torturée dans une salle de classe est mentionné par Jacques Duquesne dans Carnets secrets de la guerre d'Algérie et évoqué dans un article de *L'Express* du 17 mars 2012. La citation exacte de Kateb Yacine, tirée de *Nejdma* (Paris, Le Seuil, 1956) est : « la ruine de la tribu s'acheva sur des registres d'état civil... registres sur lesquels furent recensés et divisés les survivants ». Sur la guerre d'extermination lors de la conquête de l'Algérie par la France, voir notamment Benjamin Brower, « Les violences de la conquête » in Abderrahmane Bouchène *et al.* (dir.), *Histoire de l'Algérie à la période coloniale* », Paris/Alger, La Découverte/Barzakh, 2012, p. 58-63. Les propos de Marie Ndiaye sur ses origines proviennent d'un entretien avec Aurélie Raya publié le 17 septembre 2009 dans *Paris Match*.

Remerciements

À Mathieu Larnaudie et Vincent Message

À Boubekeur Feddal, Jacques Benzakoun, Mouss, Pierre et Jean-Yves

À Fatima Hamel-Trari et à ses amis de l'association des Deux Rives, à Xavier Laurent, Anne-Elyse Lebourgeois, Alice Ginsberg et Clémence Hedde

À Sarah Michel, Jean-Michel Valtat et Hugo Azérad

À mes familles

RÉALISATION : NORD COMPO À VILLENEUVE-D'ASCQ
ACHEVÉ D'IMPRIMER SUR ROTO-PAGE
PAR L'IMPRIMERIE FLOCH À MAYENNE
DÉPÔT LÉGAL : JANVIER 2025. N° 157595 (105785)
IMPRIMÉ EN FRANCE